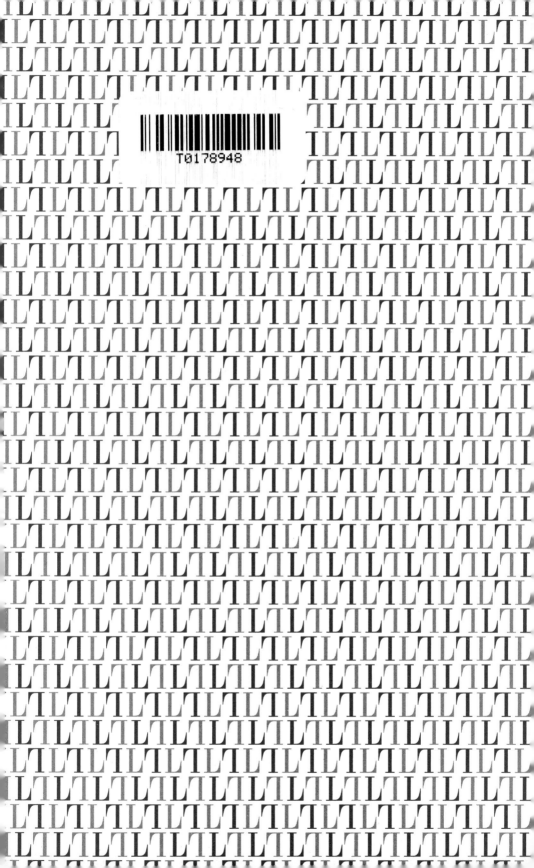

T0178948

Aprender a hablar con las plantas

Aprender a hablar con las plantas

Marta Orriols

Lumen

narrativa

Papel certificado por el Forest Stewardship Council®

Primera edición: octubre de 2018

© 2018, Marta Orriols Balaguer
Publicado en catalán por Ediciones del Periscopi, S. L. (Barcelona), 2018
Publicado por acuerdo con Cristina Mora Literary & Film Agency, S. L.
© 2018, Penguin Random House Grupo Editorial, S. A. U.
Travessera de Gràcia, 47-49. 08021 Barcelona

Versión castellana a cargo de la autora a partir del original catalán
de la novela *Aprendre a parlar amb les plantes*

Printed in Spain – Impreso en España

ISBN: 978-84-264-0547-0
Depósito legal: B-16.574-2018

Compuesto en M. I. Maquetación, S. L.
Impreso en Egedsa
Sabadell (Barcelona)

H405470

Penguin
Random House
Grupo Editorial

Para ti, Miquel.
Días y noches y aquellas horas fuera del reloj.
No te olvidamos nunca.
Te echo de menos y te quiero. Todavía y siempre.

Juntas a dos personas que nunca habían estado juntas. A veces es como aquel primer intento de acoplar un globo de hidrógeno a otro de aire caliente: ¿prefieres estrellarte y arder o arder y estrellarte? Pero a veces funciona y se crea algo nuevo y el mundo cambia. Después, tarde o temprano, en algún momento, por una razón u otra, una de las dos desaparece. Y lo que desaparece es mayor que la suma de lo que había. Esto es quizá matemáticamente impowsible, pero es emocionalmente posible.

JULIAN BARNES, *Niveles de vida*
(traducción de Jaime Zulaika)

Antes

Estábamos vivos.

Los atentados, los accidentes, las guerras y las epidemias no nos concernían. Podíamos ver películas que frivolizaban el acto de morir, otras que lo convertían en un acto de amor, pero nosotros quedábamos fuera de la zona que contenía el significado propio de perder la vida.

Algunas noches, en la cama, envueltos en el confort de enormes almohadones mullidos y desde la arrogancia de nuestra juventud tardía, veíamos las noticias en la penumbra, con los pies entrelazados, y era entonces cuando la muerte, sin nosotros saberlo, se acomodaba azulada en los cristales de las gafas de Mauro. Ciento treinta y siete personas mueren en París a causa de los ataques reivindicados por la organización terrorista Estado Islámico, seis muertes en menos de veinticuatro horas en las carreteras en tres choques frontales diferentes, el desbordamiento de un río causa cuatro víctimas mortales en un pequeño pueblo al sur de España, al menos setenta fallecidos en una cadena de atentados en Siria. Y nosotros, que nos estremecíamos un momento, quizá soltábamos cosas del tipo «Vaya, cómo está el patio» o «Pobre, qué mala suerte», y la noticia, si no tenía mucha fuerza, se disolvía aquella misma noche dentro de los límites del dormitorio de una pareja que también se estaba extinguiendo.

Cambiábamos de canal, y veíamos el final de una película mientras yo concretaba a qué hora llegaría al día siguiente, o le recordaba que pasara por la tintorería para recoger el abrigo negro, o, si era un día bueno, ya en los últimos meses, tal vez intentábamos hacer el amor con desgana. Si la noticia era más sonada, sus efectos se alargaban un poco; se hablaba de ello en el trabajo a la hora del café o en el mercado, haciendo cola en la pescadería. Pero nosotros estábamos vivos, la muerte pertenecía a los demás.

Utilizábamos expresiones como «Estoy muerto» para señalar el cansancio después de un día duro de trabajo sin que el adjetivo nos pinchara el alma, y cuando aún éramos nuevos, casi por estrenar, lográbamos flotar en el mar, en nuestra cala preferida, y bromear, con los labios llenos de sal y de sol, acerca de un hipotético ahogamiento que acababa con un boca a boca de escándalo y carcajadas. La muerte era algo lejano, no nos pertenecía.

La que yo había vivido de pequeña —mamá enfermó y meses después murió— se había convertido en un recuerdo borroso que ya no escocía. Mi padre vino a recogerme a la escuela cuando hacía solo una hora que habíamos regresado a clase después de comer. Centenares de niños y niñas subíamos la escalera de caracol para volver del comedor comunitario a las aulas, con el alboroto propio de la vida que pasa mientras todo se detiene en algún punto. Papá llegó al aula acompañado por la directora, que llamó a la puerta justo cuando el profesor de naturales nos acababa de explicar que había animales vertebrados y animales invertebrados. El recuerdo de la muerte de mamá ha quedado vinculado para siempre a la letra blanca de tiza sobre el verde de la pizarra que dividía el reino animal en dos. Todos los que hasta entonces habían sido mis iguales me observaban con una mirada nueva, y yo, muy quieta, sentía cómo me retiraba a un tercer reino, el de los animales heridos a los que siempre les faltaría una madre.

Aunque no por ello fuera menos terrible, su muerte nos había avisado, y en aquel aviso estaba el margen de tiempo que la precedía, el espacio para la despedida y los deseos, la postración y la oportunidad de expresar todo el amor. Estaban, sobre todo, la ingenuidad de creer en el cielo, donde todos me la dibujaban, y la inocencia de mis siete años, que me salvaba de comprender la rotundidad de su partida.

Mauro y yo fuimos pareja muchos años; después, solo durante unas horas, dejamos de serlo. Hace unos meses murió de repente, sin previo aviso. Un coche se lo llevó por delante, y con él tantas otras cosas.

Sin cielo ni alivio, con todo el dolor cargante que corresponde a la edad adulta, para evitar hablar de Mauro en pasado a menudo pienso y hablo utilizando los adverbios «antes» y «después». Ciertamente hay un antes y un después, una barrera física. Estaba vivo ese mediodía, conmigo, bebió vino y pidió que le pasaran un poco más el filete, atendió un par de llamadas de la editorial mientras jugueteaba con el servilletero, me anotó en el reverso de la tarjeta del restaurante el título de un libro de una autora francesa que me recomendó con pasión, se rascó el lóbulo de la oreja izquierda, incómodo o avergonzado quizá, y después me lo contó. Casi tartamudeaba. Al cabo de unas horas estaba muerto.

El logotipo del restaurante tenía un pedazo de coral. Lo miro a menudo. Guardo la tarjeta donde, con su caligrafía impoluta, escribió el título del libro que tanto le había gustado. Tal vez porque cada uno es libre de embellecer su desgracia con tantos fucsias, amarillos, azules y verdes como el corazón le pida, desde el día del accidente pienso en el antes y el después de mi vida como la Gran Barrera de Coral, el mayor arrecife de coral del mundo. Cada vez que pienso si algo ocurrió antes o después de la muerte de Mauro, me esfuerzo por imaginarme la barrera de coral, por llenarla de peces de colores y estrellas de mar, y convertirla en un ecuador de vida.

Cuando la muerte deja de pertenecer a los demás, es necesario hacerle un hueco con esmero al otro lado del arrecife, porque, si no, ocuparía todo el espacio con absoluta libertad.

Morir no es místico. Morir es físico, es lógico, es real.

1

—Pili, comprueba equipo, ¡rápido! ¿Respira?

—No.

—Iniciamos ventilación con presión positiva.

Como una letanía, repito en voz baja las constantes del bebé. «Lo sé, pequeña. No son maneras de recibirte, pero tienes que respirar como sea, ¿me oyes?»

—Treinta segundos. —«Uno, dos, tres… Allí tumbada hay una mujer que es tu madre y que se perderá sin ti, ¿la ves? Anda, vamos, diez, once, doce, trece… Anda, respira, por lo que más quieras; te prometo que si superas esto la cosa cambia, se está bastante bien aquí. Diecisiete, dieciocho, diecinueve, veinte… Merece la pena vivir, ¿sabes? Veintitrés, veinticuatro… Cuesta a veces, no voy a engañarte... Veintiséis, veintisiete… Vamos, pequeña, no me hagas esto. Te prometo que merece la pena. Treinta…»

Silencio. La criatura no se mueve.

— Pili, ¿frecuencia cardíaca?

Tropiezo con los ojos vigilantes de la enfermera. Es la segunda vez que me pasa en poco tiempo, y conozco esa mirada de advertencia. Tiene razón, no debería ser tan brusca con ella; bien mirado, no debería ser brusca en absoluto. No me siento cómoda.

Tengo calor y el zueco roza una pequeña ampolla que me han hecho las sandalias en el pie derecho los últimos días de vacaciones. Minutos cruciales, inmediatos al nacimiento; sobran la ampolla y este calor. Para la niña, en cambio, la prioridad absoluta es evitar la pérdida de temperatura. Tal vez no haya sido tan buena idea salir del pueblo al amanecer y venir a trabajar directamente sin pasar por casa, deshacer las maletas y quitarme de encima la sensación extraña de haber estado fuera casi dos semanas, lejos del trabajo, de las historias clínicas de mis niños, de las analíticas, del laboratorio, lejos de todo lo que me mantiene en marcha.

Nueva decisión. Estimulo con movimientos cortos y rápidos las plantas de los pies de la pequeña y, como siempre que lo hago, reprimo las ganas de golpear más fuerte, con más urgencia. «No me puedes hacer esto, no puedo empezar septiembre así; anda, respira, bonita.» Revaluación.

Procuro concentrarme en la información del monitor y en la niña, pero necesito cerrar los ojos unos segundos porque no puedo taparme los oídos, y las preguntas que lanza la madre, que suenan como un sollozo desconsolado dentro de la sala de partos, me descolocan como nunca. El sufrimiento ajeno se parece ahora a la visión de un plato copioso después de una comilona. No me cabe y me repele. Todos los sonidos de aflicción se convierten en los de la madre de Mauro el día del funeral. Desgarraban el alma.

«Respira, pequeña, venga, va, por el amor de Dios, ¡respira!»

Frunzo el ceño y niego con la cabeza para recordarme que aquí no hay sitio para evocar cuestiones difíciles de gestionar. Aquí no se evoca. Aquí no se recuerda. «Aquí no, Paula. Concéntrate.» La realidad me cae encima como un jarro de agua fría y me coloca en mi sitio al instante: tengo un cuerpo diminuto que no inicia la respiración, pesa solo ochocientos cincuenta gramos, está tendido sobre la cuna de reanimación, y depende de mí. No tardo en percibir cómo se me activa el sexto sentido que me acaba guiando cada vez más, algo parecido al equilibrio entre la objetividad más extrema, donde retengo protocolos y razonamiento, y la astucia inteligible de la intuición, sin la cual estoy segura de que no podría calibrar la llegada al mundo de estos seres diminutos.

«Escucha, pequeña, una de las cosas que valen la pena es el mar.»

—Pili, detengo ventilación. Voy a probar con estimulación táctil de la espalda.

Tomo aire y lo suelto como quien se prepara para dar un salto al vacío. La mascarilla actúa de muro y retiene una exhalación, mezcla del flúor del dentífrico que he encontrado esta mañana en el baño de papá y del café rápido y amargo que me he tomado en la autopista. Extraño mis cosas, mi normalidad. Echo de menos el café y mi cafetera. El olor de casa, mi ritmo, no tener que dar explicaciones a nadie y poder ir a la mía.

Froto la espalda diminuta con toda la suavidad de la que soy capaz.

«El mar tiene un ritmo, ¿sabes? Así: va y viene, va y viene. ¿Sientes mis manos? Las olas van y vienen, así. Venga, preciosa, el mar vale la pena; hay otras cosas, pero ahora concéntrate en el mar, así, suave. ¿Lo sientes?»

—Respira.

El primer chillido ha sido como un maullido, pero dentro de la sala lo hemos recibido con la alegría que despierta una tormenta de verano.

—Bienvenida... —No estoy segura de decírselo a la niña o a mí misma, pero me tengo que esforzar para contener la emoción.

La limpio con movimientos rápidos y ejecutados centenares de veces antes. Me tranquiliza ver cómo mejora el color y la piel transparente adquiere un tono rosado esperanzador.

—¿Frecuencia cardíaca?

—Ciento cincuenta.

—Pili, colocamos CPAP y la ponemos en la incubadora, por favor. —La miro a los ojos por encima de la mascarilla para hacerle entender que me arrepiento del tono de antes. A Pili es mejor tenerla contenta; si no, se ofende y me lo hace pagar siempre retrasando mis peticiones de analíticas. Por lo menos ella sigue ofendiéndose conmigo, que ya es mucho. Desde hace unos meses todo el mundo me perdona los prontos, y cuando eso ocurre las evasivas aún me provocan más rabia y mal humor.

Mientras espero la incubadora, froto de nuevo la espalda minúscula, dócilmente, esta vez para agradecerle a la niña las ganas inmensas de aferrarse a la vida, pero no puedo evitar pensar que, en el fondo, la acaricio por algo más, por algún matiz inclasificable relacionado con el hecho de que ella siga aquí y Mauro ya no esté. Porque ya no está, Paula. No está, y a pesar de eso, regresa incluso cuando manipulo estos gramos de vida gelatinosa.

—Mira, mami. Dale un beso a tu hija. —Acerco la niña a su madre solo unos segundos para que la conozca—. Le ha costado un poco respirar, pero ya está. Ahora la subiremos a la UCIN tal como habíamos quedado, ¿de acuerdo? Nos veremos allí dentro de un rato y os lo explicaré todo con calma. Quédate tranquila, que todo irá bien.

Pero no se lo prometo. Los ojos de la madre imploran que les regale esperanza; sin embargo, después de Mauro, ya no prometo nada.

2

Lídia no puede tardar, termina de pasar consulta a la una. Saber que la veré me alivia. En cuestión de minutos me atrapará de nuevo con su desparpajo y me sumirá en la normalidad, justo lo que me pide el cuerpo con cierta urgencia. Después de las vacaciones la normalidad es la clave, mi único propósito.

La espero en medio del bullicio del comedor del hospital mientras muevo la ensalada de un lado para otro. Con el olor de caldo pegado a la nariz, regreso al comedor de la escuela, donde escondía lo que no me gustaba en los bolsillos de la bata o negociaba los muslos de pollo con los compañeros más hambrientos. El pediatra ordenaba a papá que me hiciera comer tostadas con miel para combatir ese porcentaje siempre bajo que señalaba con el lápiz sobre la cuadrícula de las curvas que yo tanto temía. La miel entró a formar parte de mi dieta y de nuestros días grises sin mamá, no para endulzar sino para engordar. He leído en algún sitio que un asceta hindú de ochenta y tres años pasó más de setenta sin ingerir alimentos ni beber agua. Un equipo del Organismo de Investigación y Desarrollo del Ministerio de Defensa de la India hizo un experimento con él durante un par de semanas. Su único contacto con el agua lo tenía cuando se lavaba o hacía gárgaras. El doctor que lo investigaba dedujo que si no obtenía energía de los alimentos ni del agua, entonces la recibía de otras fuentes de su entorno, y el sol era una de ellas. Cuando acabó el experimento, el yogui regresó a su pueblo natal para reemprender sus actividades meditativas. Se ve que una diosa lo había bendecido cuando tenía ocho años, permitiéndole vivir sin alimentos.

Cuando habían pasado cuatro días desde que Mauro había muerto —no es una forma de hablar, hacía cuatro días justos—, yo solo había ingerido tilas; con un poco de suerte, consentía que mi padre añadiera a la infusión miel del apicultor del pueblo. Incapaz de protestar, dejaba que hiciera lo que quisiese con la miel. Ignoro qué curva pretendía hacer crecer a esas alturas. De nuevo, mi tristeza goteaba teñida de ámbar.

Fueron días apáticos, irreales; la conmoción lo llenaba todo, no había lugar para el hambre. Recuerdo la mano robusta de papá dando vueltas a la cuchara de madera y la miel enrollarse en las ranuras sin gotear. Mi padre es un perfeccionista y no podía concebir que yo no tuviera una cuchara de madera para la miel. Me compró una. También ordenó el cajón de los cubiertos y arregló la puerta del armario de las cacerolas. Durante una semana, mi padre y Lídia se turnaron y deambularon por casa sin que yo tuviera el control de nada. Me llenaron la nevera de golosinas que poco a poco se fueron estropeando. Lídia venía al mediodía o a la hora de cenar para asegurarse de que comía algo y para hacerme compañía.

Todos dieron por sentado que en las semanas que siguieron al accidente mi mirada atónita, el aspecto descuidado o las persianas bajadas se debían a la tristeza en que me había sumido la desgracia de perder a quien había sido mi pareja durante tantos años; sin embargo, nadie calculó que aferrado al dolor de la muerte había otro, uno escurridizo pero de caminar lento, como una babosa capaz de cubrirlo todo, incluso el otro dolor, con su rastro viscoso, que iba calando, grotesco, tan grotesco que solo sabía esconderlo, muerta también yo de una vergüenza nueva, más nueva incluso que la muerte.

Me pregunto si ambas cosas estarán vinculadas de alguna forma, si la llegada de ella a mi campo de conocimiento hizo que él desapareciese físicamente de mis días.

—Venga, Paula, aunque sea solo el plátano, por favor. No has comido nada.

Observaba a Lídia con la cabeza ladeada y sonreía. Me acordé de la historia del yogui, y estuve a punto de bromear y contarle que una diosa me había bendecido y que podía pasar sin alimentos, pero, a juzgar por su cara de preocupación, no me pareció adecuado decirle nada de eso.

—Un poco, vamos.

Yo estaba sentada en la silla de la cocina y ella permanecía de pie a mi lado. Podríamos haber sido dos amigas, un mediodía cualquiera, en un hogar escogido al azar sin amores ni amigos muertos. Pero la composición de la escena era del todo deforme. Si hubiera envuelto en gasas todo lo que me dolía dentro, me habría convertido en la imagen de alguien que regresa mutilado de una guerra.

Lídia iba retirando la piel del plátano meticulosamente. Yo la contemplaba distraída, y cuando me ofreció la fruta pelada entre los dedos, nos miramos a los ojos y nos dieron ganas de reír sin saber muy bien de qué.

—Venga, come, por favor.

—No tengo apetito, Lídia, de verdad. Me va a sentar mal.

—Vamos, solo la puntita...

Estallamos de risa las dos y yo sentía que las mejillas se me encendían de vergüenza. Mi risa la calmaba y por eso me reía. Necesitaba calmarla a ella primero para que después me pudiera calmar ella a mí. Quien hereda un muerto con un extra de infidelidad sabe cosas que los demás nunca conocerán, como el gobierno imposible de la calma. Y me reía, me reía con la boca del estómago cerrada, me reía sin poder dormir, me reía y sudaba. Estaba segura de que si dejaba de reír de repente, si le soltaba la verdad sin más, Lídia se quedaría paralizada con un rictus de estupefacción y la noticia pugnaría por escalar posiciones hasta llegar a la cima, donde reinan los escándalos y los sucesos de crónica. Dejaríamos a un lado el evento que poco antes lo había detenido todo, y por un momento la infidelidad, vulgar y tópica, sería la reina de la fiesta. Pero nos reíamos. Lídia se reía y yo lo hacía con ella mientras intentaba encontrar sus ojos entre los pliegues de los párpados para escupirle todo aquello sin tener que hacer el esfuerzo de ponerle palabras; pero, aun así, ella parecía no captarlo. Que te dejen es el tipo de noticia que, anunciada junto a la muerte de quien te ha dejado, no se deduce con una simple mirada.

—Come, Paula.

Le di un bocado al plátano para no oírla más.

—¿Sabías que el ser humano tiene unos veinte mil quinientos genes y que el plátano tiene unos treinta y seis mil?

—Ay, Paula, pero qué dices...

—Que un plátano tiene unos catorce mil genes más que un ser humano —le anuncié.

—Fantástico. —Estrenó una mirada piadosa mientras me apartaba el pelo de la cara y me colocaba un mechón detrás de la oreja—. Todo irá bien, guapísima. Vas a salir de esta.

Y yo, muy dentro, pensé que no.

La textura dulce y pastosa del plátano que tanto me costaba tragar pronto adquirió el gusto salado de mis lágrimas.

—¿Quién soy?

Me coloca las manos sobre los ojos desde atrás. No la he visto llegar. Me giro y nos abrazamos. Lídia es un terremoto con el pelo rizado, rubio, asilvestrado, y una lluvia de pecas le decora toda la cara.

Al principio hablamos por los codos pisándonos las palabras. Nos ponemos al día con las naderías de la vuelta al trabajo; después protesto indignada por cuán avanzadas están las obras de las nuevas instalaciones en la parte del hospital donde ella trabaja como pediatra. Yo, en cambio, lo hago entre paredes que estorban, espacios demasiado compartimentados, iluminación inadecuada y pasillos malogrados. A pesar de la necesidad, todos los equipamientos que no están de cara al público llegarán más adelante. Lídia me saca la lengua y da por finalizada mi queja. Nuestra amistad no ha mantenido nunca un equilibrio. Ella siempre se impone con sutileza y yo lo he aceptado desde el primer día, del mismo modo que siempre he tolerado que las circunstancias me hayan modelado por dentro, en lo hondo.

Me cuenta la decepción de los hoteles donde se alojaron durante su viaje a Escocia —que si las moquetas eran una porquería, y la comida, vomitiva; que si se equivocaron con una reserva y acabaron en una habitación tan mugrienta que prefirieron dormir los cuatro en el coche— y, como si aún estuviéramos en la azotea de casa de sus padres, estudiando para los exámenes finales, comparamos el tono del bronceado juntando los brazos.

—Estás muy guapa —me anuncia sonriendo—. Te han sentado bien estos días.

Y dejo que se crea su propia conclusión, ya que no me apetece hablar de mí ni de las dos semanas que he pasado en casa de mi padre en la Selva de Mar. La supuesta comunión con la vida retirada, los placeres de las cosas sencillas, la famosa paz interior que todo el mundo insistía en que me sentaría tan bien no han funcionado.

No había vuelto desde el accidente, y con el filtro opaco del tiempo el pueblo parecía otro, la iglesia, más grande, y las calles, más estrechas. Las campanas nunca habían sonado tan fuerte, ni las risas de los veraneantes en la plaza habían sido tan descaradas. He acabado hasta la coronilla de la calma, del piano melancólico de papá, de los pájaros despertándome de madrugada justo cuando conseguía conciliar el sueño; harta de que fallara la conexión a internet, de tener que colgarme de una roca para conseguir una cobertura de tres al cuarto, y de las sobremesas en torno a partidas de ajedrez. No, la quietud no ha hecho más que disparar todas las alarmas y sobredimensionar las cuestiones de las que pretendía huir durante las primeras vacaciones sin Mauro. Así pues, para no derivar en conversaciones lastimosas con Lídia, procuro arremeter con muchas preguntas y evitar que ella me interrogue a mí. A fin de cuentas, siempre tendrá más cosas que contar una madre de familia recién llegada de unas vacaciones movidas por Europa que una mujer sola que tuvo la brillante idea de pasar quince días en un pueblo diminuto barrido por la tramontana, rodeada de amigos de su padre que lucen su vejez con orgullo.

—Y las niñas, ¿qué tal?

—Uf, las niñas... Ya las verás, ya. Daniela, insoportable, una adolescente con todas las de la ley, y Martina, detrás de su hermana todo el día; ahora, cuando una quiere piscina, la otra quiere playa, y así con todo. —Resopla antes de seguir—. Te juro que las vacaciones con niños son un suplicio. Estos días, ni te imaginas la de veces que he pensado en dejarlas con Toni y largarme a escondidas, instalarme contigo en el pueblo, tomar el sol a pelo todo el día, y fumar y beber sin tener que esconderme por los rincones.

«¿Por qué no lo has hecho? —pienso—. ¿Por qué me has dejado estar sola tantos días?» La mujer adulta que hay en mí sabe que Lídia está casada, que tiene dos hijas, responsabilidades, una familia con quien pasar las vacaciones. La mujer adulta sonríe, comenta que no será para tanto, que tiene ganas de ver a las niñas, que les ha comprado unas camisetas, que todo bien por el pueblo, como siempre, que su padre sigue fuerte como un roble y hecho un cocinillas, que debe de haber engordado por lo menos tres kilos.

—¿Y qué? ¿Muchos admiradores por el pueblo? —Y entonces me clava ese par de ojos azules tan suyos, imposibles de esquivar. No creo que la pregunta se centre en los hombres en concreto, más bien en desgranar mis ánimos.

—Una docena de turistas franceses.

Me señalo a mí misma de arriba abajo, extiendo los brazos como queriendo decir: «Pero ¿tú me has visto?, ¿crees que estoy en condiciones de relacionarme con algún ser humano?».

—Mira, mejor así. Es demasiado pronto aún. Deja que las cosas vuelvan a su sitio, que puedas pensar con más claridad. Lo de Mauro está muy reciente. Quizá ahora no sea el momento, Paula.

«¿El momento de qué?», pienso. ¿Es que hay un tiempo preestablecido? En el protocolo de los que se quedan, ¿se menciona cuándo volver a salir a jugar sin que te consideren una sinvergüenza? Pero la mujer adulta se limita a decir que sí con pequeños movimientos de cabeza, mientras aparta a un lado todos los tomates *cherry* de la ensalada.

He leído que la memoria a largo plazo guarda recuerdos a partir de una cierta reconstrucción y abstracción, y que por esa razón puede llegar al extremo de producir algunos falsos. Me pregunto cómo se guarda tu recuerdo intacto y de una manera honesta.

Me sería mucho más fácil si los pudiera percibir en orden cronológico, pero no es así. Aparecen aleatoriamente, van y vienen como manadas desperdigadas que no ayudan a dar forma al conjunto de claroscuros que fue tu vida, o tu vida sin mí.

Sabías coser. Cosías botones, zurcías algún calcetín agujereado.

Cuando no encontrabas algo y me necesitabas para que te echara un cable, me llamabas Pauli; no me gustaba, pero nunca dejaste de hacerlo.

Estornudabas tres veces seguidas al salir de la cama por la mañana. Cuando te llamaba tu madre por teléfono, se te alteraba el tono de voz. Si pronunciabas «mamá» con ese deje aniñado, yo cogía las llaves y me largaba a dar una vuelta porque sabía que habrías cedido en lo que fuera que ella te hubiera pedido. Olías a limpio. No llevabas ningún perfume, el tuyo era un aroma higiénico de agua tibia y jabón de pastilla.

Partías las galletas contra el paladar con la lengua mientras leías el periódico, concentrado. Una tras otra. Al principio me hacía cierta gracia; con los años te perseguía para que dejaras de comer tanto azúcar.

Cuando hacíamos el amor, justo cuando empezábamos, si yo te tocaba te agitaba siempre un escalofrío casi imperceptible, como un pequeño sobresalto, como una reacción agridulce de deseo y aversión. Eso no debió de ser siempre así, pero en todo caso, no recuerdo cómo era al principio.

Te gustaba comprarme zapatos. No te lo decía, pero no solían entusiasmarme los que escogías. Me dolía decírtelo y me los ponía para verte contento. Eran zapatos para una mujer que no tenía mis pies ni mi estilo, que no era estilo. Eran zapatos para una mujer que no era yo.

Antes de salir de casa me dabas un beso en la frente, un beso sincero, cargado de ternura. Eso siempre fue así. Siempre.

3

Un bote de mayonesa. Dos cervezas. Una hortaliza reducida a un bulto endeble y recubierto por una capa de moho aterciopelado. Dos yogures caducados desde hace una semana. Cojo uno. Un tarro casi vacío de mermelada de naranja amarga y el ruido eléctrico de la nevera. Nada más. Bienvenida a casa.

La luz roja del contestador automático parpadea. Solo un mensaje. Por un momento me da un vuelco el corazón, pero no, no puede ser de Quim. Creo que no llegué a darle el número de casa. Quiero pensar que él obedece devotamente mis órdenes de batalla, y si te dicen «Aléjate de mí porque nos haremos daño», la orden no da pie a confusión. A veces lo invoco. Lo confieso. Algunas noches suplico que me llame, que dé señales de vida. Un mensaje, una imagen, cualquier prueba de vida me bastaría. Otras noches me duermo con el móvil entre las manos después de haber valorado si le digo o no le digo cosas, si es verdad que nos haríamos tanto daño. En ciertos momentos maldigo su recuerdo, y en otros no puedo creer que yo, a mis cuarenta y dos años, haya resurgido de entre mis cenizas como una adolescente, llena de dudas y arranques sin sentido. Es como andar errática todo el día, y a menudo sospecho que lo más probable es que Quim ya no distinga mi nombre de otro.

De modo que si solo hay un mensaje, lo más probable es que no sea de Quim. En realidad, únicamente contemplo la posibilidad de que lo haya dejado mi padre, responsable exclusivo de que en esta casa se mantenga aún el aparato anacrónico y polvoriento que permanece impasible al lado del televisor. Papá no solo deja mensajes de voz, sino que graba también sus composiciones de piano. Aquí dentro atesoro reliquias de minutos de duración. Llegue a la hora que llegue, nunca falla el parpadeo; me avisa de que hay material para escuchar o mensajes que expresan su curiosidad sobre qué opino de sus composiciones. A veces es mejor contestar al momento; si no, puede llegar a ser muy pesado. Para determinados perfiles inquietos e insaciables la jubilación debería estar prohibida.

Pulso la tecla y, como era de esperar, su voz llena la sala. La escucho entre cucharada y cucharada de yogur mientras subo las persianas de la galería para dejar entrar la luz y ventilar un poco.

«Supongo que ya debes de haber llegado. [...] Espero que no hayas encontrado mucho tráfico. Me he cruzado con Pepi saliendo del centro y me ha dado recuerdos para ti. Dice que si hubiera sabido que estabas en el pueblo le habría gustado mucho verte y darte un abrazo. ¡Ah, Paula! Te has dejado el pedazo de bizcocho que te trajo ayer Maria, la de Can Rubiés... Nada, solo quería desearte una feliz vuelta al trabajo. Pues eso, nada más... Y come, ¿me oyes? Un beso.»

Me quedo boquiabierta y siento una repugnancia inmediata. Tiro el yogur a la basura. La visión del bizcocho dentro de la fiambrera de la señora Maria me provoca náuseas. Lo vi esta mañana antes de marcharme de casa de papá. Incluso lo tuve en las manos, pero lo volví a dejar en la encimera porque el recipiente que lo contenía desprendía el mismo olor a cerrado que el aliento de su propietaria.

«Tenemos que ser fuertes, niña. Todavía eres muy joven, tú. Tienes que rehacer tu vida.»

Me lo soltó así, tanto si te gusta como si no, cuando la fuimos a ver el martes por la tarde y nos invitó a un café. Yo creo que la buena costumbre de mi padre de pasar a saludar a los vecinos cuando están enfermos, o cuando se les ha muerto algún familiar, tiene que ver con su obsesión por sentirse menos forastero en el pueblo, donde se instala durante temporadas cada vez más largas; no se lo he visto hacer nunca en Barcelona, a menos que sean amigos o familiares cercanos, y, aun así, hay detalles que delatan sus costumbres urbanas: anota las visitas en la agenda y el día que toca ir incluso se acicala. El martes por la mañana, sin ir más lejos, le saltó la alarma del móvil mientras desayunábamos en el patio. Se limpió los labios con la servilleta y, sin dejar de masticar, me informó:

—Maria de Can Rubiés a las doce. Tenemos que espabilarnos si queremos darnos un baño en el Port de la Selva antes de pasar a darle el pésame.

Me lo quedé mirando, desconfiada, y le informé que de ningún modo le iba a acompañar a casa de la señora Maria, que dar el pésame a desconocidos no entraba dentro de mis planes de verano.

—Pero ella a ti sí te conoce. Si me acompañas, esta noche te haré rape con almejas.

En el pueblo no saben que Mauro me dejó horas antes de morir. Mi padre tampoco, aunque él sí estaba al corriente de que pasábamos por una muy mala época. Era otoño, pero aún íbamos en mangas de camisa. Había tenido una pelea con Mauro porque yo había comprado unos vuelos para el puente de noviembre y por un tema de trabajo a él no le iban bien las fechas. Le advertí que luego no me reprochara que nunca lo sorprendía, y quedamos enredados dentro de un ovillo de lana hecho de gritos y portazos. Me mandó a la mierda, y yo, que muy bien, que a su lado lo tenía garantizado.

Media hora más tarde me fui con mi padre al dermatólogo. Le tenían que quitar unas pecas de la espalda y, aprensivo como es, me pidió que lo acompañara a casa después de la sencilla intervención. Mientras esperábamos a que lo llamaran, a pesar de tener claro que no me consolaría porque jamás supo hacerlo, me dejé llevar por la flaqueza del momento y le comenté, sin entrar en detalles, que las cosas con Mauro no iban nada bien. Me tembló la voz, y entonces él dijo aquello de la mala época. Así lo bautizó. «Una mala época, Paula; ya verás como en primavera las cosas volverán a ir bien. Les pasa a todas las parejas.» Y con esta soltura y dos golpecitos en el hombro dio por resuelto el problema. En silencio me reí de mi ingenuidad y los mandé a los dos a freír espárragos. Fuera pecas. Fuera problemas. La primavera.

Mi padre se habría disgustado tanto si nos hubiéramos separado después de todos esos años que deduzco que no habría sido capaz de elaborar una explicación para sus amigos que amortiguase el golpe de tener una hija que se separa pasados los cuarenta. A él le gustaba decir cosas como: «Mi yerno es editor», «A mi yerno lo entrevistan hoy en *La Vanguardia*», «Mi yerno ha conseguido que florezca otra vez el rosal Noisettiano que tengo en la pared de levante». Se apreciaban mucho el uno al otro, formaban una especie de círculo alrededor de la familia legal que no éramos ni seríamos, si de mí dependía. Llamándolo «yerno» lo hacía un poco más suyo. «Paula pasa unos días en casa. Mi yerno tuvo un accidente. Ha muerto.»

Que la señora Maria me conociese a mí y yo no la conociese a ella solo podía significar que mi padre no había vacilado a la hora de introducirme en su círculo como Paula, pobrecilla, que ha perdido a su pareja en un accidente. De alguna manera, es más fácil normalizar el estado de una hija metiendo a un muerto de por medio que dar pie a elucubraciones sobre las parejas de hoy en día, con tanta libertad y tan poco ánimo a la hora de reparar las cosas cuando vienen mal dadas; la muerte repara lo irreparable, es irreversible y lo falsea todo. Ha situado a Mauro en algún lugar próximo a los santos y a los inocentes. La muerte se parece a la primavera.

Mi padre y la señora Maria hablaban con frases entrecortadas, casi sacadas de un manual. Hay un lenguaje específico para referirse a los muertos, un inventario de sentencias que fonológicamente se mueven entre el respeto y el temor. Yo los miraba desde la puerta intentando eludir el olor que flotaba en el ambiente, mezcla de membrillo agrio y de longaniza recién cortada. Deseaba con ansia que el café subiera, y mantenía la esperanza de que la cafetera explotara y tuviéramos que salir de allí por patas, sin siquiera tiempo de sentarnos alrededor de aquella mesa cubierta con un hule grasiento donde seguro que aún quedaban las huellas de los gruesos dedos del marido muerto de la señora Maria.

Era 26 de agosto y la señora Maria vestía una rebeca de hilo negro de manga larga, falda hasta los tobillos y unas zapatillas de andar por casa de invierno y con cuña, que al lado de mis sandalias planas y hechas con dos escasas tiras de cuero delataban dos códigos de vida distintos. No éramos la misma mujer y, por consiguiente, no compartíamos el mismo dolor, por mucho que la aflicción nos llamara a filas a ambas, como si el duelo fuera un agente infeccioso con capacidad de reproducirse y transmitirse independientemente de la voluntad de quien pierde a un ser querido. Mi dolor es mío y no quiero que se le acerque.

Sin saber cómo, me encontré sentada a su lado, forzando una sonrisa mientras evitaba pensar que el hule me rozaba ligeramente los muslos, cuando de pronto el borboteo de la cafetera sentenció que no tenía escapatoria. La señora Maria se levantó, apagó el fuego con parsimonia y sacó tres tazas que parecían de juguete de una alacena de formica descolorida. Un olor a cerrado invadió la estancia. Y fue entonces cuando, en medio del silencio roto por las segunderas del reloj de la cocina, se me acercó mucho, demasiado, hasta el punto de obligarme a cerrar los ojos, y lo dijo.

—Tenemos que ser fuertes, niña. Todavía eres muy joven, tú. Tienes que rehacer tu vida.

No quiero rastros de halitosis de la señora Maria de Can Rubiés tan cerca, ni de ninguna otra mujer que se le parezca; no quiero bizcocho. No quiero escuchar más predicciones sobre mi futuro. No quiero compartir su firmeza y mucho menos que ella se identifique conmigo. Mi dolor es mío y la única unidad de medida posible para calibrarlo es la intimidad de todo aquello que conforma el cómo. Cómo lo quise, cómo me quiso. De qué manera única ya no éramos los que fuimos, y por ello, de qué manera única yo lo sabré llorar.

Lo más seguro es que mi padre se percatara de lo mucho que me había alterado la escena y esa misma noche, mientras yo estaba tumbada en la hamaca bajo la higuera, salió afuera conmigo, apagó la luz del porche y me ordenó que aguzara los sentidos. En la casa de pueblo que mi padre compró con esfuerzo, ahorros y mucho orgullo en la Selva de Mar, el muro de piedras irregulares cubierto por hiedra del pequeño jardín limita con una zona boscosa donde acaba la parte urbanizada. Cuando uno se queda callado, una multitud confusa de sonidos no tarda en aparecer: grillos, el zumbido de las polillas y mosquitos, las hojas acunadas por la brisa, el murmullo del arroyo que cruza el pueblo, el aleteo de algún murciélago y, muy de vez en cuando, el majestuoso ulular de un búho. En quince días solo lo oí tres veces. Papá dijo que era muy difícil verlo, que desde que veranea en esta casa, a lo largo de todos estos años, lo ha visto alzar el vuelo en muy pocas ocasiones, fugazmente. Comentó, como quien no quiere la cosa, que en el ideario ancestral el búho es la unión de tres mundos: el inframundo, el mundo visible y el celestial. Según dijo, para los antiguos egipcios, pero también para los celtas y los hindúes, el búho era un tótem que aportaba protección a las almas de los difuntos. Bajó levemente la cabeza y metió las manos en los bolsillos cuando pronunció la palabra «difuntos». Le advertí que no siguiera por ahí, que aunque fuera a cumplir cuarenta y tres dentro de unos meses, la muerte de Mauro me había vuelto cada vez más miedosa y que lo esotérico me incomodaba; se puso a reír y deslizó el brazo por mi hombro. Me acercó hacia él.

—Vamos, Paula. Dale la vuelta. El búho pertenece también a la luna, es mensajero de secretos y presagios. Míralo así: ofrece sabiduría, libertad y cambios.

Luego me besó el pelo y me dio las buenas noches. Solo conseguí estrecharle la mano, incapaz de decir nada, vencida por la emoción de su gesto.

El cielo negro y lleno de estrellas se me echó encima con un peso propio, el peso infinito de todo aquello que no me pertenece, que desconozco. Yo no creo en esas cosas, y me siento mucho más segura en el mundo de la lógica y la ciencia, pero días después las palabras de papá resuenan hasta inquietarme. Daba por hecho que con mi silencio el alma de Mauro ya quedaba protegida y que, en todo caso, si se trata de repartir tótems, quien se merece uno que la ampare y la empuje a seguir su camino soy yo, pero ahí se han quedado sus palabras.

La muerte me enfada. Desde que él no está, la muerte me irrita, me exaspera por insolente y descarada, por cómo encubre a Mauro y por cuán viva está.

Abro la puerta de la terraza con la intención de borrar ciertas imágenes del pueblo que mortifican los ánimos, pero el agosto ha causado estragos.

Los helechos se han convertido en un remolino pardo de hojas, la azucena está más amarilla que blanca, las gardenias, repletas de pulgón. El suelo está cubierto de hojas secas. Hago inventario. Solo sobreviven en condiciones las kentias, las cintas y el naranjo.

—Pongamos kentias, Paula; créeme, no mueren nunca.

Estábamos justo aquí hace mil años, con un piso vacío y muchas expectativas. Mirábamos la terraza satisfechos, con tanto espacio, como el futuro, sin nubes de tormenta a la vista. Nadie nos avisó de que las kentias le sobrevivirían. Nadie me dijo tampoco que ahora yo tendría que cuidar de sus plantas.

—¡Buenos días, Paula!

Distingo el acento norteamericano inconfundible de Thomas en el piso de arriba. Mi vecino está asomado a la ventana fumando un cigarrillo.

—¿Cuándo has llegado? ¡Te echaba de menos!

—Hace diez minutos, y mira todo esto —le digo señalando las plantas—. ¿Es que ha habido una guerra nuclear mientras he estado fuera y no me he enterado?

—El año que viene me pides que te las riegue.

Pero son las plantas de Mauro y él nunca le había pedido que se encargara de ellas en verano. Seguro que lo haría con el mismo cuidado y paciencia que tiene conmigo, pero a pesar de la confianza, tampoco me atrevo a decirle que olvidé activar el riego automático y que me di cuenta cuando ya estaba en la autopista, después de tragarme las colas kilométricas de un viernes de agosto, y me dio mucha pereza dar la vuelta. Que muy dentro pensé: «Que les den». Pero ahora, aquí, rodeada de plantas mustias y desvalidas, me siento un ser miserable. El hombre del que me enamoré creía que solo somos parte de la creación del planeta, que el reino animal, pero también el mundo vegetal, merece la misma atención que los humanos. Decía que estamos aquí para reproducirnos biológicamente, como los gatos, las ballenas, como las bacterias o las plantas. Una tarde, cuando quizá ya éramos un triángulo y yo no lo sabía, recuerdo haberle reprochado que él intuía mejor las ganas de agua de una orquídea que las mías de sexo. Me miró dolido. Me gustaría olvidar esa mirada, me gustaría retirar algunas cosas que nos dijimos.

Es infantil creer que Mauro aún sigue en algún sitio después de quedar reducido a dos kilos y medio de ceniza, pero si él o su supuesto espíritu estuviesen en algún rincón de este planeta, sería aquí, en esta terraza, entre estas plantas.

—¿Me invitas a cenar, Thomas? Solo tengo yogures caducados, así que cualquier cosa me parecerá bien.

Se da la vuelta para echar una ojeada rápida al comedor de su casa y en voz baja me informa que no está solo. Me guiña el ojo y me lanza un beso.

—Mañana mejor. *Happy to see you!*

Me ha parecido ver una sombra rubia moverse en la penumbra. Sonrío, por fin. Parece ser que hay vida en la Tierra.

Evalúo los desperfectos con los brazos en jarra. Me dirijo a lo que queda de sus plantas y les gruño: «No os pienso dejar morir, malas pécoras. Yo no soy Maria de Can Rubiés. Me llamo Paula Cid y soy la mejor insuflando vida».

1984. Cuesta creerlo, lo sé, pero le debo a George Orwell haber podido desbloquear tu móvil la primera noche que ya no estabas vivo. Quién sabe si te había visto poner el código alguna vez y de manera inconsciente lo había retenido en la memoria, pero me gusta pensar que esta partida te la gané por previsible. Tú y tus libros tampoco erais nada del otro mundo, ¿te das cuenta? No fue tan difícil. El primer intento fue el código secreto de tu tarjeta de crédito. No funcionó. Como pareja teníamos un nivel de antigüedad lo bastante importante para convivir con una franqueza excesiva y pisarnos territorios íntimos como el baño o las tarjetas de crédito, y también habíamos tenido tiempo de hacer crecer una intuición sobradamente sólida para deducirnos los movimientos sin percatarnos de ello. Al fin y al cabo, todo se intuye de la misma manera, un mal humor o un código PIN.

Luego recordé que en una sobremesa de domingo Nacho y tú renegabais de la última novela de un autor británico que ibais a traducir en vuestra editorial. Las expectativas habían sido muy grandes, habíais apostado fuerte por él, pero os sorprendía lo flojo que era el material que os había llegado. Incluso barajabais la posibilidad de proponerle al editor que os permitiera recortar algunos capítulos. La indulgencia de la tarde del domingo y la botella de Grand Marnier os anestesiaban y os hacían reír y arrastrar las palabras. Nacho proponía con humor ser más sutiles y recordarle al autor las seis reglas de escritura de George Orwell. Mientras tanto, yo trajinaba en la cocina con Montse, deseando marcharme a casa para poder darme una ducha antes de la guardia. No me encontraba nada bien y te había pedido discretamente que por favor no os alargarais mucho. Asentiste con la cabeza sin mirarme apenas y sin preguntar siquiera qué me pasaba. Solo hiciste aquel movimiento lateral de ojos, veloz, mientras pensabas qué contestar al amigo que te pinchaba y opinaba que *1984* era quizá la crítica más dura contra el capitalismo occidental, pero que para él aquella no podía considerarse de ningún modo la mejor obra de Orwell. Quizá no lo recuerdes, no porque estés muerto y los muertos no recuerden, sino porque a veces, estando vivo, si algo te entusiasmaba me perdías de vista hasta hacerme desaparecer y te quedabas solo con tu interlocutor y tu egoísmo. No escuchaste mi súplica. Y yo odié a George Orwell o quizá te odié a ti. Te pedí las llaves del coche y me fui sola sin siquiera despedirme. Ya en casa, salí de la ducha envuelta en una toalla y, aún con el pelo chorreando, me dirigí a tu despacho. Rasgué el ángulo superior derecho del póster del cartel de la película de Michael Radford. *1984*. Siempre me había parecido espantoso. Me fui dejando huellas húmedas; seguro que aún no se habían secado cuando llegaste. Yo tampoco soy buena borrando las pruebas del delito.

«1-9-8-4»; deslicé el dedo por la pantalla y se levantó el telón de tu vida, o de tu vida sin mí. Tienes que saber que no quise fisgonear todos los mensajes hasta después del funeral. Me parecía una gran falta de respeto, y cuando por fin lo hice, leí a pequeños sorbos para no atragantarme y poder fingir que te espiaba como si aún estuvieses un poco vivo. De modo que aquello de «Hacerlo contigo en los lavabos de los restaurantes entre el primer y el segundo plato me quita diez años de encima cada vez», o la orden que le dabas: «Ponte otra vez el tanga verde de escándalo esta noche, me provoca vértigo, iré empalmado todo el día solo con imaginármelo», no lo leí hasta más tarde, cuando ya me había enterado de otras cosas. Demasiadas.

Pero la noche de tu muerte, en la cocina vacía, con el ruido de la nevera como único indicador de que todo estaba ocurriendo de verdad, solo leí un mensaje, el último que le habías mandado a ella justo después de comer conmigo y de sacudirme entera. Cuando aún no te habíamos enterrado reconocí su nombre y leí las últimas palabras que escribiste: «Ya se lo he dicho, Carla. Ya está».

Te habías muerto y yo pensé que eras un calzonazos.

4

Cuando he llegado, a las tres menos cuarto, Marta y Vanesa estaban poniéndose la bata frente a las taquillas, alborotadas y risueñas.

—Buenas tardes, chicas. Veo que la guardia promete.

Me arrastran enseguida por el río de su alegría y me hablan de una tienda de objetos eróticos que han abierto en los bajos del edificio donde vive Vanesa, en Horta. Me quieren convencer para que las acompañe una tarde. Vanesa y Marta son las residentes que tengo en mi equipo y las adoro. He intentado no quererlas demasiado porque sé que se acabarán marchando dentro de unos meses, pero ha sido imposible. Son tan jóvenes y la vida les sienta tan bien…

Marta se gira para asegurarse de que nadie la ve y se abre la camisa para mostrarnos un sujetador nuevo. Le decimos que es extraordinario y hacemos todo tipo de comentarios picantes. Yo lo encuentro de mal gusto y vulgar, pero no se lo diré. Tengo la sensación de que me estoy haciendo vieja y de que si les sigo el juego aún mantengo un pie en su campo. Pero sus veintisiete y veintiocho años brotan con ingenuidad, y enseguida siento que mi edad me deja fuera de juego. Quiero estar allí como sea. No puedo evitar mirar los pechos firmes y turgentes de Marta, con los ligamentos de Cooper en plena forma, y se los observo como quien admira un icono de deseo, fascinación y sensualidad. Casi no las oigo reír, porque Quim me viene al pensamiento sin avisar y enciende un recuerdo, como una chispa.

Puso el dedo índice por debajo de la tira del sujetador y lo deslizó muy lentamente, recorriendo la forma redondeada de mi hombro. Primero una, después la otra. En los últimos años, yo solo había estado con Mauro. El conjunto reducido de hombres previos a él se había limitado a un juego que alternaba con los exámenes y los atlas de anatomía.

Quim guarda la emoción intacta de la novedad y de la venganza, pero lo he apartado de mí con el mismo pragmatismo de quien cierra un grifo. El placer que aparece tan solo cuatro semanas después de perder a tu pareja para siempre es demasiado temerario, y tan pronto como acaba debe mantenerse en secreto absoluto; tienes que frotarte el cuerpo a conciencia con un guante de crin para conseguir que desaparezca eso que acaba de ocurrir sobre tu piel, refregarla hasta hacerla enrojecer de dolor y de vergüenza. «Aléjate de mí porque nos haremos daño» me parecieron las palabras más fáciles. No sé por qué mantengo la esperanza de recibir noticias suyas. En su lugar, yo no me querría volver a ver jamás.

—¿Tengo o no tengo razón, Paula? Díselo tú, ¡que a mí no me escucha!

Pero no sé de qué me habla Marta mientras se pone la bata. Me he perdido en algún punto de la conversación y, además, me ha invadido un mal humor repentino.

Cuando Santi entra en el despacho con semblante serio, ellas dos se enderezan. Marta finge una tos esmirriada y se abrocha bien la bata mientras Vanesa se apresura a cerrar su taquilla.

Durante el cambio de guardia, alrededor de la mesa redonda y mientras repasamos la lista de pacientes, me he fijado en las manos enormes de Santi cuando pasaba las hojas de control, coronadas por una maraña de pelo blanco como la lana fibrosa de una oveja islandesa. Tiene unas manos de abuelo, desproporcionadas, que se magnifican cuando las acerca a los cuerpos diminutos de los niños que tenemos en la UCIN. Me lo imagino en su casa haciendo cosas pequeñas con esas grandes manos: pelando un ajo, haciendo trenzas africanas a sus nietas, quitándose con unas pinzas cuatro pelos del entrecejo o haciéndose el nudo de la corbata por la mañana. Pienso que con esos dedos tan huesudos se debe de tropezar. De pronto imagino ambas manos en los pechos de su mujer, Anna Maria. Me los imagino en la cama. Ella con el moño impecable y esa sombra de ojos violeta tan de los ochenta, y él con esas manos de gorila dominando la postura del loto. ¿Tendrán sexo aún? Existe este fantasma, esta convicción tan instalada de que los hombres piensan en el sexo a todas horas y que las mujeres no lo hacemos nunca o solo de vez en cuando, pero yo pienso en Mauro y Carla, en sus cuerpos juntos, vivos y cálidos. Leo sus chats con desazón cuando me da la gana, me los he aprendido de memoria, y ahora su sexo es mío, solo sale a la luz si yo quiero, y los días en que estoy más compasiva puedo llegar a pensar en ella y en cómo se debe de sentir sin él, y la imagino sentada en el suelo desmenuzando su tanga verde de escándalo con unas tijeras y pienso: «Ahora te aguantas, guapa», y la maldad me rebota contra la cara y me recuerda que sé los días exactos que hace que ellos dos no se van juntos a la cama, y también los meses que hace que yo me fui a la cama con Quim por última vez, y el dolor me golpea cuando calculo cuánto hace que Mauro y yo seguíamos juntos sin deseo.

Sexo vacío. ¿Adónde va a parar todo el deseo cuando no se consuma? ¿Se transforma como la energía, que pasa de formas útiles a otras menos útiles? Y ¿qué es más útil que el fantasma del deseo para continuar viviendo? Mira si no a Vanesa y a Marta. Estallan de vida cuando entran aquí cada día, brillan, gravitan, son pura purpurina. Siempre dicen que conseguir un polvo es relativamente fácil, y yo disimulo el interés mientras administro ibuprofeno endovenoso a alguna minúscula criatura y las miro de reojo llena hasta arriba de envidia, sin conseguir el suficiente valor para preguntarles cómo, dónde y si creen que yo también podría, si yo podría dada mi condición, de qué manera una se despoja de todo y consigue entender que lo más opuesto a la muerte es el deseo. Fantasmas dentro de mi cerebro enrarecido. Tengo que domesticarlos aún. La muerte obliga a cierta solemnidad, a la inactividad, a renegociar con cada cosa que daba sentido a la vida de antes para adaptarse a esta de ahora.

Santi me pilla observándole las manos y me fulmina con la mirada.

—Y tú, ¿qué propones, doctora Cid? —me ha preguntado desafiándome.

Me siento como una colegiala recibiendo una reprimenda, pero me esfuerzo por adoptar una expresión convincente y no mirarlo a él sino a las residentes.

—Yo lo veo claro. Mahavir lleva dos semanas estable, pero aun así la displasia broncopulmonar me preocupa. Por ahora me limitaría a mantener el soporte respiratorio pero intentaría rebajar la presión.

Altiva, le busco la mirada para demostrarle que no hace falta que vuelva a dudar de mí, que estoy al tanto de todo y que no bajo la guardia. Pero antes de que me vaya me llama desde el despacho pequeño del fondo, el que tiene los cristales opacos. Es un hombre alto y viejo, y la habitación encoge cuando él está dentro.

—Siéntate, Paula, siéntate.

—Santi, es que Marta me espera en cuidados especiales, no la quiero hacer esperar porque… —Me corta la frase atrapando mi escuálida mano entre las suyas, inmensas.

—Paula, ¿cómo va todo?

Su tono me transporta a las clases de francés que cursaba en una academia cuando era más joven, a aquellos diálogos que nos hacían leer en voz alta entre dos alumnos. Aquella teatralidad y la exageración en el acento lo convertían todo en una farsa.

«Vous avez choisi?»

«Une salade et une eau minérale, s'il vous plaît.»

«Et pour monsieur?»

«Un sandwich et un café. Merci.»

Si Mauro estuviera vivo y me preguntaran cómo va todo, me limitaría a decir, como se limitan a decir todos los mortales: «Voy tirando. ¿Tú qué tal?». Cambiaríamos de tema, porque en realidad sabríamos que, con más o menos acierto, mientras estamos vivos estamos bien; sabríamos que se trata de una simple pregunta, una cuña, una formalidad lingüística para iniciar una conversación, pero Mauro ya no está vivo y las respuestas que esperan de mí exigen que me muestre débil por condescendencia.

—Bien, y tú, ¿qué tal?

Santi apacigua la mirada para indicarme que no acepta mi respuesta, relaja los hombros como si quisiera hacerme entender que estamos aquí sentados porque se preocupa por mí, para recordarme que es todo oídos. No se da cuenta de que lo traduzco como un acto egoísta con el que solo pretende satisfacer su deber. La bondad lo convierte en un ególatra ambicioso. En el fondo, todos saben cuál es la situación. ¿Para qué preguntar nada? «¿Cómo va todo?» es una pregunta de una absurdidad rotunda cuando se le plantea a alguien que ha perdido al hombre que la ha dejado en la estacada.

«¿Qué toca ahora?» sería, sin duda, una pregunta más adecuada. «¿Qué toca ahora, Paula?», y yo contestaría que no lo sé, que solo se me ocurre respirar y trabajar.

—Paula, escucha. Hace muchos años que nos conocemos y sé que todo lo ocurrido estos últimos meses te ha afectado mucho. No es para menos. Sé cuánto querías a Mauro. Eres una mujer fuerte y vas a salir de esta, pero recuerda que si necesitas tomarte un tiempo para ti, estás en tu derecho y yo no voy a poner ninguna traba. Eres una médica adjunta imprescindible para el equipo, una de las mejores, pero hay prioridades, y si toca descansar, lo tenemos que prever a tiempo, tanto por tu bien como por el nuestro.

—Estoy bien, Santi, de verdad.

—Paula, a veces nos parece que podemos tapar los agujeros con arena, pasar por encima y seguir nuestro camino. No te sientas mal por tomarte un tiempo y sobreponerte.

Odio el ritmo que adquieren las conversaciones. Hay como unos espacios de silencio flotantes que yo debo trampear. O me levanto ahora mismo o caeré dentro, chillaré o vomitaré. ¿Cómo se atreve a darme lecciones? Es Mauro quien ha muerto, pero soy yo quien debe asumir su desgracia, ha muerto él y me toca a mí reinventarme, ¿es eso? Cornuda, sola y con deberes por hacer.

—Santi, te lo agradezco, de verdad, pero no hace falta.

—Muy bien, confío en ti. Pero piensa en ello, ¿de acuerdo?

Me levanto y recoloco la silla. No le miro a los ojos cuando doy media vuelta enfurecida. La capacidad de la gente para proclamar sentencias sobre mi futuro me enerva hasta límites insospechados. Hay profetas del pésame que deberían ir retirándose ya. Le tengo mucho aprecio a Santi, diría que incluso le quiero, como a un padre, como a un abuelo, como al sabio que me ha enseñado los secretos que no se encuentran en los libros de medicina, pero en estos momentos le odio por haber insistido en hacerme sentir tan vulnerable y provocarme este nudo en la garganta en mi entorno laboral, el único escenario en el que creo caminar segura. «Aquí no, Santi, por lo que más quieras.»

La guardia es tranquila. Las mellizas que nacieron anoche evolucionan sin problemas, y Mahavir, pobrecito mío, sigue delicado como siempre. Nació con quinientos gramos de vida, corriéndole sangre hindú por cada vena diminuta de su cuerpo, que hoy ya pesa dos kilos cien. Hace meses que está aquí y parece que por fin se adapta al tratamiento, pero aún necesita oxígeno.

Sin embargo, Pili, que hace más de treinta años que trabaja como enfermera en este hospital, tuerce el gesto cada vez que abre la incubadora para hacerle las curas.

—Este niño, Paula…

Esta noche lo acentúa con una mueca y meneando la cabeza.

—Pili, ¿te puedo pedir un favor?

—Anda, niña, claro. —Ni me ha mirado. Ha continuado con las manos dentro de los ojos de buey de la incubadora mientras cambiaba el pañal con destreza.

—¿Podrías dejar de hacer comentarios negativos sobre Mahavir o sobre cualquier otro niño de los que tenemos aquí cuando estás delante de ellos?

Se ha dado la vuelta, sorprendida. Me ha mirado unos segundos con los ojos abiertos como platos, y después ha continuado trabajando de cara a la incubadora, ofendida, sin decir nada, pero impecable como siempre. Siento remordimientos al momento, porque Pili es una gran profesional y adora a los niños. Sé que cuando duda de alguno de ellos no suele equivocarse y por eso no soporto que lo haga. No sé cómo explicarle que Mahavir es importante para mí, que aprecio la dulzura de su madre cuando me explica historias de Bangalore que me invitan a viajar lejos. Me prometió que si alguna vez viajo a la India, me van a tratar como a una reina, y quizá porque no tengo más planes que los hipotéticos, me aferro a la posibilidad y a la tenue ilusión que me provoca pensar en un viaje de colores. No sé cómo explicar a Pili lo extrañas que son las cosas a veces y que no dejo de dar vueltas al hecho de que dos elementos inconexos puedan estar relacionados para siempre de forma fortuita. Eso es lo que me pasa en realidad, no tiene que ver con ella, sino con la fijación que tengo con que el día que ingresó la madre de Mahavir, mucho antes de que él naciera, cuando solo era información explícita y formal en boca de obstetras y neonatólogos, Mauro se acabó para siempre.

—Pili.

Le toco el hombro, pero no se inmuta. Lo pruebo una segunda vez. Nada. Es de las mujeres más tercas y orgullosas que conozco.

—Mahavir, cariño, ¿puedes quitarte todos los tubos un segundo para decirle a Pili que me perdone?

Cierra las ventanillas de la incubadora sin prisas y se gira con una sonrisa socarrona. Tiene una cintura ancha y una rotundidad de volúmenes que impone. Recuerda a una escultura novecentista o a una representación de la Madre Tierra. Te abrazarías a ella todas las noches.

—Perdona. No sé qué me ha pasado —le digo con sinceridad.

Me toca ligeramente la espalda y se aleja cargada con pañales y biberones de leche mientras mascula:

—Mi abuela siempre decía que es mejor esperar lo malo con cariño, si lo malo es tan malo que hasta lo puedes ver venir.

5

Quim irrumpió en mi vida con una fuerza huracanada.

—Te he oído hablar por el móvil en un idioma que reconozco. Hola, me llamo Quim.

En el aeropuerto, la luz de neón azul que iluminaba el borde de la barra del bar me hacía pensar en el efecto cromático de la fuente de calor en las incubadoras nuevas que habían llegado a la UCIN. Treinta y dos grados centígrados para que los cuerpos de los recién nacidos se mantengan estables a treinta y seis o treinta y siete grados y con una humedad constante. De todas las incubadoras de la unidad, mi preferida es la más vieja. Londres, la llamo. Es mi Londres envuelta en bruma. Las nuevas son naves alienígenas de factura perfecta bañadas por la luz estelar azulada, pero para mi gusto les falta la bruma nostálgica que perla de pequeñas gotas la superficie del cubículo. La entrada inesperada de Quim deshizo el pensamiento objetivo que me retenía aún en el congreso. Yo entonces ignoraba que, a partir de ese momento, él sería el encargado de romper la imparcialidad que me había guiado a lo largo de los años, fundada solamente en la experiencia, en la observación de los hechos y en la mera práctica, y que solo con nuestros encuentros y el recuerdo que me quedaría de estos me erosionaría hasta dejarme como una piedra a la deriva por las aguas de este olvido al que yo misma le he obligado y que parece que ya le va bien.

El aeropuerto de Amsterdam estaba colapsado. En el norte de Europa nevaba con fuerza desde hacía varios días. Se habían anulado centenares de vuelos y la mayoría de los pasajeros íbamos a tener que pasar la noche en la terminal, donde los anuncios de playas de arena blanca y selvas tropicales decoraban el espacio y el tiempo congelados en una cuarta dimensión burlona.

Tenía el humor revuelto por culpa del vuelo cancelado y del cansancio que arrastraba tras dos días de congreso, y, a pesar de no querer aceptarlo, también me ofuscaba saber que al llegar a casa, y al margen de la puntualidad de todos los vuelos del mundo, Nacho ya habría pasado a recoger las dos últimas cajas con cosas de Mauro. Aquellos libros y aquellas plantas suyas que se reproducían como una espora creando nuevos organismos por división mitótica; libros y plantas por doquier, siempre, sin fin, dispersándose por el medio del que había sido nuestro hogar.

«¿De verdad quieres que me lo quede yo, Paula?»

Le contesté con un tono casi inaudible que denotaba convicción.

En las últimas cajas había puesto también algunos bártulos de jardinería, los guantes que ya eran un molde de sus manos y la regadera metálica. Las tenía apiladas al lado de la entrada porque mi pragmatismo no las concebía en ningún otro lugar. Nacho había venido días después del accidente para hacer un primer viaje y llevarse el grueso de todo lo que había pertenecido a Mauro; le dije que podía hacer con ello lo que quisiese y que por favor dijera a los padres y a la hermana de Mauro que yo ya no tenía sus cosas, que si necesitaban algo se lo pidieran a él. Era el único que estaba al corriente de lo de Carla, así que no tuvo agallas para cuestionarme nada.

«Les parecerá muy extraño, Paula», fue lo único que añadió.

Pero a mí me había dejado de importar todo y percibía a su familia como una unidad, una balsa de agua estancada con raíces de malas hierbas que se adentraban hacia el fondo, y me pareció que mi decisión de vaciarme de él era la única manera de llenarme de aire. Me ahogaba. El dolor me ahogaba. No sabía todavía que la cantidad de cajas que llenase o la constancia en el rastreo de cualquier indicio de Mauro no eran importantes; una entrada vieja de cine o una maquinilla de afeitar. Desconocía que por mucho que me esforzase y por impecable que fuera la exterminación de su rastro, él habitaría lugares inesperados: el olor espontáneo de alguien que dobla la misma esquina tras de mí, la forma nerviosa de subirse las gafas de algún tertuliano con gesto idéntico en plena discusión televisiva. Su radio se extendía por una red resistente dispuesta a hacerme entender que vivió cuarenta y tres años, muchos de los cuales a mi lado, dentro de este espacio al que habíamos llamado hogar.

A Nacho no le dije que me había quedado con las gafas de recambio, las de la montura de pasta. «Color habana oscuro», había anunciado Mauro cuando las estrenó, y yo me había reído a carcajada limpia. «¿Qué color es el habana oscuro?» «Habana oscuro es este marrón.» «Este marrón es marrón de toda la vida.» «Que no, que es color habana oscuro, te lo juro, Paula.» Y nos abrazamos y yo le dije: «Qué más da, te quedan la mar de bien». Y aún puedo sentir la calidez dentro del abrazo, el olor a limpio incluso después de haber pasado todo un día en el trabajo, con las comidas y las reuniones pegadas en el algodón de la camisa, el olor de un hombre pulcro de uñas bien recortadas. El olor de un hombre vivo. También me quedé todos sus blocs de notas y el jersey de lana verde que se compró en Reikiavik. Pensé: «Quizá un día te abrazarás a él, Paula», y ahí sigue, en el cajón, junto a su documento de identidad, el certificado internacional de vacunación, de color amarillo, y el pasaporte que no necesitó para el último viaje.

Un mes después, las dos cajas seguían en el recibidor. Me irritaban. Era suficiente el simple contacto visual. El odio y el amor a veces se acoplan en una sola bola, como gotas de mercurio, y de la amalgama surge un sentimiento pesante y tóxico y extrañamente añorado. Eso es lo que irrita. La añoranza, a pesar de todo. Esas dos cajas restantes eran el último ancoraje, un pequeño recuerdo hecho de flora y literatura.

Quim alargó la mano para saludarme tras pronunciar su nombre en medio del rumor de la terminal. La valoré unos instantes sin comprender. Así que era cierto, existían seres que se regían por reacciones espontáneas. Un desconocido podía salir de la nada en la barra del bar de un aeropuerto atestado e interactuar con una mujer abatida que acaba de colgar una llamada para anular una reunión de trabajo.

—Paula —contesté. ¿Cómo se modulaba la voz para entrar en el juego?

Sonrió y en sus mejillas emergieron hoyuelos.

—No me lo creo. No tienes cara de Paula.

—Ah, ¿no? Tú, en cambio, tienes mucha cara de Quim. —Para ser nueva, me pareció estar haciéndolo bastante bien.

Rio y miró mi taza con una infusión aún por estrenar. La señaló con el dedo y frunció el ceño.

—¿Te lo vas a tomar? Me iba a pedir una copa de vino. ¿Te apuntas?

Me encogí de hombros.

—Dos copas de este vino de aquí, por favor —pidió al camarero indicándole un vino de la carta.

—*Excuse me, sir?*

Quim hizo una mueca y abrió mucho los ojos para bromear sobre la confusión idiomática, y después pidió de nuevo las copas en un inglés excesivamente nasal. Se me escapó un poco la risa y la reconocí como una respuesta adormecida de mi cuerpo. Me habló de vinos y bodegas, de uvas de diferentes territorios y denominaciones de origen, mientras yo calculaba cuántas horas dormiría antes de la guardia si conseguía llegar a Barcelona no más tarde de las diez de la mañana. De repente me pareció aburrido. Demasiado teatro, demasiado estudiado, demasiado fácil. Lo corté sin contemplaciones y dejé algo de dinero encima de la barra.

—Me tengo que ir. Debo hacer una llamada. Encantada, ¿eh?

Tan solo hizo un gesto con la cabeza para decir adiós. Adoptó una expresión decepcionada que borró las huellas de la falsedad que le exigía el juego, y solo entonces lo vi sin filtros, con un hoyuelo aquí y otro allí, y con aquel par de ojos negros y sonrientes que chispeaban mil posibilidades, y a pesar de mi pronto, invitaban a quedarse y divertirse. Y entonces pensé en Carla, en aquellas primeras frases de los chats más antiguos que había encontrado entre ella y Mauro y que denotaban conquista, perfumes demasiado intencionados, pintalabios insolentes, cosquilleo desenfrenado en la boca del estómago y la libertad vigorosa de poder

abarcarlo todo, incluso lo más pequeño y cotidiano que me pertenecía, deshacerle el nudo de la corbata, quizá quitarle una miga
de pan de la comisura de los labios mientras decidíamos si conge-
lábamos el caldo que había sobrado. Aquello era mío, y algo dentro de mí se activó al pensarlo y me obligué a dejarme arrastrar
por la fuerza que generaba la invitación de un desconocido, así
que él se saltó mi turno y volvió a tirar.

—Si dejo de hablar de vinos, ¿te quedarás, aunque sea solo un
rato?

Bebimos más vino, fuera nevaba con fuerza. Los copos caían
oblicuamente contra las farolas. Recluida en la terminal, tenía la
sensación de estar dentro de una de esas bolas de cristal que se sa-
cuden. Siempre había querido una y nunca la había tenido. No es
el tipo de cosa que te atreves a pedir cuando alguien te pregunta si
necesitas algo. Le dije a Quim que la cabeza me estaba empezando
a dar tantas vueltas que era como si alguien sacudiera la bola fre-
néticamente.

—Tengo que ir al baño. ¿Eres de confianza? ¿Te puedo dejar
mis cosas o me las robarás y saldrás corriendo? —le pregunté, ani-
mada, al cabo de un rato.

—Tranquila, te espero aquí. ¡Venga, anda, vete! —Me miró con
una expresión calculadora. Me estudiaba, decidía ya entonces si le
convencía mi cuerpo delgado, mi rostro cansado de todo aquello
que él desconocía y esa absurdidad banal adquirida con la facili-
dad del vino.

—*Keep your belongings safe when you fly* —bromeé tambaleán-
dome.

Se rio, sereno. Yo estaba completamente borracha. Mi formalidad se había esfumado con tres copas de vino, y me dejaba arras-

trar por una mezcla de exaltación y embriaguez. En el baño me lavé la cara. Me sentía agradablemente mareada, exultante, pero no me atrevía a mirarme en el espejo. No me quería encontrar, ni ver las marcas oscuras bajo mis ojos; no quería saber nada de mí ni de aquella sombra que parecía concederme una tregua.

Las cajas ya no debían de estar en la entrada de casa y quizá Carla le había pedido ropa a Nacho, alguna bufanda, cualquier cosa que guardara aún partículas de mi hombre, no del suyo, así que la propuesta de aquel juego al que yo todavía nunca había jugado me pareció una excelente venganza. Me peiné y me retoqué evitando mi imagen en el espejo. El vino se encargaba de dirigir los movimientos de mis extremidades. Una señora mayor con el cansancio de horas estampado en la cara y un par de descansos peludos en los pies salió de uno de los lavabos y me miró mal mientras se lavaba las manos a mi lado, o a lo mejor solo me lo pareció y era yo la que me castigaba antes de tiempo. Se marchó arrastrando aquellos pies de gran osa y mascullando algo en un idioma que no reconocí.

Cuando volví al bar, Quim seguía allí.

—Toma, para ti. Un recuerdo.

Me entregó un pequeño paquete dentro de una bolsa de plástico del aeropuerto.

La timidez que me corteja siempre junto a las sorpresas agradables afloró en mí y redujo un poco el efecto del alcohol.

—Pero ¿por qué?

—Cállate y ábrelo.

No me atrevía a mirarlo mientras sacaba con cuidado una pequeña caja de la bolsa. Dentro había una bola de cristal con un muñeco de nieve. En el pie que la sostenía había una pegatina mal puesta que rezaba: AMSTERDAM. Estaba hecho de una forma algo chapucera, los materiales eran baratos y la pintura brillaba demasiado; el muñeco tenía una sonrisa decadente y entristecida que invertía peligrosamente mi estado de ánimo y, además, la nieve falsa no caía con la cadencia lenta y elegante de las bolas de cristal que yo siempre había anhelado. Era una versión grotesca de mi deseo. Pero le tuve que mirar a los ojos, agradecida.

—*Toucheé* —mentí.

Sacudí la bola un par de veces y vimos la nieve caer.

—Una última copa y te dejo tranquilo, ¿de acuerdo? —imploré. De repente lo deseé de una manera llana y banal.

Me contó que era carpintero pero que lo que más le gustaba en el mundo era cocinar. Le contesté que era neonatóloga y que lo que más me gustaba en el mundo era ser neonatóloga.

—Nunca había tomado una copa de vino con una experta en miniaturas.

—Ni yo había tenido antes ganas de enrollarme con alguien que hace mesas y sillas.

Me miró con los ojos abiertos de par en par, retirando el cuerpo un poco, agradablemente sorprendido. Le había hecho el trabajo.

En lo que a mí respectaba, no me podía creer que hubiese verbalizado aquel pensamiento frente a un desconocido. Me alegré por mí. No era consciente de llevar esa presión en el pecho que de repente se aligeró. Me sonrojé, seguro, y me miré la punta de los zapatos para encubrirme. Me alzó la cara agarrándome por la barbilla.

—¿Nos vamos?

La cola de los taxis era impracticable. Con un salto temporal evanescente provocado por el alcohol, nos encontrábamos ya dentro de una furgoneta compartiendo asiento con dos mujeres italianas que se habían casado aquella misma mañana y estaban en Amsterdam de luna de miel. Circulábamos muy lentamente porque el tráfico era un caos. Había nieve sucia en los márgenes de la carretera, y la luz azul de la sirena de un coche de policía aparcado pocos metros más allá sumía todo lo que pertenecía al exterior del vehículo en un estado profético y lo convertía en una escena irreal. Una de las italianas insistía en que yo me parecía a Laura Antonelli. Quim buscó a la actriz en Google y lo confirmó con la cabeza. Me miró de nuevo y sonrió afable. Un hoyuelo aquí, otro allí, él pausado, yo tiritando de frío y de nervios, Mauro muerto, Carla sola y las cajas fuera de casa.

Las italianas nos dejaron junto a un hotel que había al lado del aeropuerto, Quim les dio algo de dinero; todo era extraño, como el recuerdo fragmentado de un sueño. Al despedirnos de ellas nos abrazamos como si nos conociéramos de toda la vida. La furgoneta se alejó trazando una estela de felicidad ilusoria mientras la nieve continuaba cayendo sobre nuestras cabezas, cubriéndolo todo, el aeropuerto, Amsterdam, Holanda, el norte de Europa y aquel universo mío que justo estrenaba.

Fue Quim quien habló en recepción. Me pidió la tarjeta de embarque. La compañía se hacía responsable de los gastos, anunció contento. Cuando se la di, me rozó con las yemas de los dedos.

—Tienes las manos heladas, Paula. Dame unos segundos y lo solucionamos.

Me guiñó el ojo y sonrió malicioso.

Los labios le brillaban rojos y yo ya no lo deseaba. Me coloqué un mechón de pelo detrás de la oreja y me puse los guantes otra vez sin saber muy bien qué hacer con las manos ni tampoco con aquel juego que había envejecido rápidamente. Inesperadamente, me acordé de papá, de los consejos que me daba cuando yo empezaba a salir hasta tarde o pasaba las primeras noches fuera de casa. Al día siguiente desayunábamos juntos y él untaba la tostada con mantequilla muy despacio, con una parsimonia que me hacía perder los nervios. Sin preguntarme cómo había ido la noche, hablaba con el tono de una enciclopedia de las relaciones, de las consecuencias que podían tener a mi edad, pero nunca me recriminaba nada; me animaba a plantearle dudas si las tenía y me recordaba encarecidamente que siempre me hiciera respetar. Nunca le pregunté nada. A mamá no la había conocido lo suficiente, pero intuía que sin ella se había evaporado cualquier posibilidad de complicidad femenina que requerían aquellas conversaciones fallidas con mi padre. Existían las bibliotecas, y compañeras de instituto mucho más descaradas que yo. Fue suficiente con eso, y con la seguridad de adentrarme en el mundo adulto con la misma soledad con la que había caminado hasta entonces.

Me desconcertaba pensar en papá de esa forma tan precisa en aquellas circunstancias, en medio de una aventura espontánea. Era un pensamiento infantil y fuera de lugar que solo aumentaba la rareza de la situación y multiplicaba el martilleo de la culpa con un eco recurrente: «Apenas hace un mes que ha muerto, Paula». Y cuando pensaba en un mes, veía un calendario dividido en cuatro semanas, las fases de la luna y los días festivos marcados en rojo. Me venían unas arcadas colmadas de prisa por salir corriendo y una angustia como de cosa mal hecha.

Observé cómo la chica de recepción le entregaba la tarjeta de la habitación a Quim, que parecía relajado y muy contento. Ella levantó la vista del mostrador, solo fue un momento, una mirada accidental, pero se fijó en mí. Tenía la sensación no solo de que me miraba todo el mundo, sino también de que conocían cada detalle de lo que iba a hacer.

Cogí aire haciendo ver que me acercaba a la puerta giratoria del vestíbulo del hotel e intenté persuadirme de que lo que estaba a punto de ocurrir me apetecía. Allí, plantada junto a la puerta, aún cubierta por los copos de nieve gélidos que poco a poco iban mojando la lana de los guantes hasta tocarme la piel, el efecto del vino ya era casi imperceptible y yo empezaba a dudar de mi gallardía de hacía un rato, mientras Quim me avisaba con un gesto de que ya podíamos pasar.

Subimos inmersos en el silencio estéril del ascensor. Me dio la mano. Una mano nueva, gruesa y áspera. De la madera, pensé. Yo no sabía nada de la madera. Subía en ascensor a una habitación de hotel agarrada de la mano de un carpintero de quien solo conocía el nombre.

Entramos en la habitación mientras la moqueta se tragaba nuestros pasos algo tímidos. Estábamos allí, en una habitación estándar, con los sonidos y los olores estándar de todas las habitaciones de hoteles estándar, y a la vez, el solo hecho de estar en aquel lugar lo convertía en una estancia insólita que me recordaba lo que había ido a hacer.

Quim miró por la ventana retirando un poco las cortinas.

—¿No tienes la sensación de que cada vez nieva más? Mola, ¿eh?

—Mañana tengo que estar en Barcelona como muy tarde a las diez.

Dejé la bola de cristal en la mesilla de noche, y antes de que la mirada del muñeco de nieve me desafiara de nuevo, o que un verbo como «molar» me hiciera echarme atrás, me acerqué a Quim y le mordí el labio inferior. Él me apartó con tacto y me puso el dedo índice sobre la boca para reseguir todo el contorno.

—No solo hago mesas y sillas.

—¿Qué? —pregunté desconcertada.

—Colaboro con un arquitecto que hace casas sostenibles. Me encargo de las estructuras de madera.

Asentí vagamente con la cabeza y le supliqué con la mirada que se callase o que empezara.

Nos quitamos la ropa con prisas, con la respiración descompasada, la suya deseosa de mí, la mía rabiosa con Mauro y las dos cajas, enojada con la muerte y con el maldito vuelo cancelado. Procuraba no mirar demasiado el cuerpo desconocido que inevitablemente comparaba a medida que se me mostraba, y era odioso anunciarme que había dado con un hombre mucho más fuerte y robusto, que parecía totalmente acostumbrado a mostrarse desnudo, a lucirse más bien. Dibujaba sus formas trabajadas a golpe de gimnasio y me sorprendía a mí misma disfrutando de algo que siempre había considerado superficial y secundario. Me dejaba, y después, encima, se moría. A ver si no merecía yo lamer una piel más morena, jugar con una lengua más traviesa y descubrir un miembro más prominente. Y cuanto más pensaba en que solo hacía cuatro semanas de todo aquello tan terrible y se me clavaba el calendario en la piel, más me estremecía; me encendía sin tan siquiera poder pararme a descifrar el tatuaje del bíceps derecho, o valorar si me gustaba o no ese torso depilado. Noté la visible erección de Quim y fue entonces cuando me di permiso para dejarme ir. Era un premio, un cuerpo vivo, y creía merecérmelo incluso con aquella rabia con la que me entregaba a él.

El sexo entre bonobos es desenfrenado. Generalmente dura unos diez segundos. El sexo permite a los bonobos ponerse en la piel del otro. El sexo de los bonobos no está impulsado por el orgasmo o la búsqueda de la liberación, a veces tampoco tiene nada que ver con la reproducción. El sexo para un bonobo es casual, fácil, como cualquier otra interacción social. El sexo sustituye la agresividad, promueve el intercambio y sirve para reducir la tensión o para reconciliarse.

—¿Qué piensas, Paula que no tienes cara de Paula?

Yacíamos bajo el nórdico despeinados y con la mirada perdida, y me rozó la mejilla.

—Nada.

Dentro se podía respirar el aire viciado de la habitación, mientras fuera continuaba nevando.

La comicidad habita incluso el tenebroso mundo funerario. De no ser así, ¿cómo te enfrentas a un catálogo de urnas con la opción de la biodegradable para los amantes de la cesta ecológica?

Antes de la urna tuvimos que decidir entre cenizas normales o con textura nieve. Fui con tu hermana. Ya sabes que nunca la aguanté demasiado. Es una versión refinada de tu santa madre. Pero me lo pidió y la acompañé. No creas que lo hice porque ella me necesitase, con ese pragmatismo tan suyo pegado a la cara; la acompañé porque te sigo queriendo. Nos preguntaron qué textura de ceniza preferíamos y a mí no se me ocurrió otra cosa que sonreír. Fue un acto reflejo, un error del sistema nervioso. En realidad toda yo era angustia, aún sigo siéndolo si pienso en ello, pero se me escapaba la risa. Tu hermana me miró desconcertada. Pregunté por la diferencia entre las dos opciones, y mucho antes de que el hombre vestido de formalidad gris pudiese contestar, levanté la mano para dejarlo correr. Normales, concluí.

Días más tarde, después de conocer el olor penetrante de la ceniza humana, tu ceniza, me alegré de no haber escogido el formato nieve. De esta manera, la nieve siempre sabrá a agua pura y helada dentro de la boca, ¿recuerdas? Una Semana Santa me besaste con la boca llena de nieve junto a la cascada del Saut deth Pish y al cabo de dos días tenías anginas. Yo me enfadé mucho y no recuerdo el motivo. Teníamos que ir a algún sitio y no pudimos hacerlo porque estabas en cama con fiebre. A veces era injusta contigo de una manera intencionada y cruel. No sé por qué, supongo que la concesión dilatada de los años de convivencia nos acaba endiablando a todos un poco.

Textura nieve. ¿Por qué se empeñan en embellecer algo tan feo como la muerte?

6

A pequeña escala, la sacudida comenzó con una sucesión de hechos verificados mentalmente tantas veces que los leo ya como quien estudia las nimiedades de un informe policial. El informe policial necesita una secuencia, sin saltos que creen lagunas. Las lagunas son lo peor. Se llevan mi sueño de madrugada y lo retienen bajo el agua turbia de su fondo.

La imparcialidad también es importante para el informe: mujer blanca, cuarenta y dos años, residente en Barcelona, sin antecedentes penales, pela una naranja inmersa en el silencio de la cocina impoluta y procura que el tirabuzón que va retirando no se rompa. Su padre también lo hace siempre así. Cuando era pequeña le decía que si el tirabuzón se rompía nunca se casaría, y ella se decía en su fuero interno que si no se rompía, mamá volvería. Con la mirada perdida, ahora que es adulta y sabe que una naranja le aportará como mucho vitamina C, mueve los gajos del cítrico de un lado al otro dentro de la boca y piensa si valdrá la pena tener un lavavajillas tan grande a partir de ahora. Piensa, en verdad, si valdrá la pena tener siquiera un lavavajillas. Piensa también si las dimensiones de la cocina se ajustan al espacio que ocupará ahora su apetito. Piensa y no sabe que, mientras tanto, el hombre con quien ha comido hace unas horas y quien le acaba de anunciar que lo siente mucho pero tenemos que tomar una decisión, Paula, que esto nuestro ya hace tiempo que no funciona, que hay otra persona y que lo mejor será que me marche de casa, este hombre a quien ella ha mirado con una sorpresa febril, se apaga por momentos en un centro hospitalario.

Suena el teléfono.

La chaqueta cuelga en el recibidor.

Estamos en febrero.

El frío y la humedad de Barcelona le tornan los dedos amarillentos.

Hora punta de la tarde.

Taxi. El amarillo de nuevo, y el negro a partir de ahora.

Dos balas disparadas con poco tiempo de diferencia: la muerte y la mentira.

Noto cómo las llevo dentro aún, con un dolor que transforma a Mauro en santo o en traidor, según se agudice más el impacto de la una o de la otra.

El teléfono sonaba en el bolso y di por sentado que era él. Tan solo hacía un par de horas que nos habíamos despedido de mala manera. Lo dejé sonar mientras comía la naranja, desquiciada. El jugo goteaba por mi muñeca. Cuando estábamos en el restaurante a pie de playa y ya me había dicho todo aquello, la boca se me había quedado seca del disgusto, áspera como mi sorpresa. Vivir en una ciudad con mar embellece dramáticamente las tragedias que ocurren en ella, pero cuando él habló de lo que en principio me pareció un tópico tras otro, el mar no hizo nada, no se inmutó. Las olas siguieron acercándose hasta la orilla como una falda de verano blanca y ondulada que cubre unas piernas bronceadas. La belleza impasible y estéril, incapaz de oscurecerse a mi lado.

El ácido de la naranja me ayudaba a recuperar la vitalidad y a ordenar los pensamientos. El teléfono sonaba y yo pensaba que le diría que no hacía falta que insistiese, que ya era demasiado tarde, y el timbre era tan estridente que a veces creo que en el fondo ya sabía que cuando lo descolgara, alguien al otro lado me diría que Mauro había muerto. Como si hubiera sido yo quien hubiese maquinado el final. Como si todo aquel odio y aquella rabia que me quitaban la saliva lo hubiesen matado.

Puse los ojos en blanco, harta de escuchar el teléfono, y resoplé mientras hurgaba en el bolso tratando de encontrarlo. Me llevé una sorpresa el ver el nombre de Nacho escrito en la pantalla, y renegué imaginando que Mauro habría llamado a su mejor amigo para apaciguar la situación. Pensé: «Somos adultos, pedazo de imbécil, ¿cómo te atreves a utilizar a un amigo después de esto?». Y finalmente, hecha una furia, descolgué. No recuerdo mi vida con Mauro sin Nacho de por medio. Formaba parte de nuestro día a día, con su carácter extravertido y aquella ironía que emana siempre. Él y yo manteníamos una relación cordial, casi íntima; lo apreciaba como amigo de mi pareja, formaba parte del decorado de nuestra casa, de la vida de Mauro. Eran socios de una pequeña editorial que por fin les funcionaba, pero la amistad venía de muy lejos, de cuando eran dos chiquillos que no imaginaban que un día serían hombres. Su mujer y yo nos habíamos visto obligadas a congeniar porque a menudo salíamos los cuatro a cenar y nos encontrábamos algunos fines de semana. Ella me resultaba un poco incómoda. Para mí es una cruz conocer gente nueva fuera de mi entorno, y no suelo encontrar en otros la conexión auténtica que tengo con mis compañeros del hospital. Sobrevivimos a grandes derrotas juntos, y también somos los mejores celebrando victorias, nos convertimos en aliados que comparten un idioma único.

Nunca he sabido muy bien cómo tratar a la mujer de Nacho, o qué decirle. Montse quería ser madre con una obsesión que me agobiaba. Me contaba su proceso de embarazo con pelos y señales, y a mí me sobraba tanta confianza entre nosotras. No consideraba que fuéramos tan amigas para tener que estar al corriente de sus días fértiles. Mauro habría querido que nos hubiésemos entendido mejor, nosotras dos; sin embargo, siempre he creído que las amistades forzadas son una gran hipocresía y nunca hice mayor esfuerzo con ella. A quien yo apreciaba de verdad era a Nacho y no veía por qué tenía que meter a su mujer en el mismo saco. Tiempo después tuvieron gemelos, así que poco a poco los encuentros se fueron dilatando y dejamos de vernos los cuatro con tanta frecuencia. Nacho me gustaba más sin gemelos y sin una mujer que me contase maravillada lo especial y único que era poder dar el pecho, obviando que yo pasaba mis días y mis noches metida en una unidad de neonatología. Prefería a Nacho sin esa actitud siamesa de las parejas. Lo quería a él como individuo, merodeando por casa, animando nuestra rutina y acabando con las existencias de cerveza que yo misma le compraba. Si le conseguía cervezas artesanas, delante de Mauro se deshacía en elogios hacia mí y le decía, socarrón, que valía un imperio y que no me merecía, así que yo buscaba cervezas de trigo, negras, otras más finas, belgas, con más graduación alcohólica, escocesas, remiraba y averiguaba para él, utilizando los granos de cebada y el lúpulo como quien luce una joya. Me gustaba pensar que cuando cuidaba de su amigo, Mauro se sentía orgulloso de mí.

—¡Paula, por fin!

—No quiero saber nada, Nacho, de verdad. Ya le puedes decir que no te obligue a hacer el ridículo de esta manera..., no quiero saber nada más de él.

—Paula, Mauro ha tenido un accidente. Un coche..., la bicicleta. Deberías venir al Clínic ahora mismo. Coge un taxi. Lo meten en quirófano dentro de diez minutos. Te espero en el vestíbulo de la entrada de Villarroel.

—Pero ¿qué dices? Venga ya, si me lo ha contado todo, hemos comido hace un rato —dije siguiendo un discurso aprendido a toda prisa, despreocupada y sin haber entendido ni una sola palabra.

—Paula, Mauro ha tenido un accidente. ¡Ven inmediatamente!

Fue él quien colgó primero. Yo lo hice después, alarmada, indignada con Nacho porque me había alzado la voz y, además, me había dado toda la información de golpe. Cuando explico a los padres de los prematuros que las cosas no van bien, les doy la información con cuentagotas. No se puede vomitar una mala noticia. Al fin y al cabo, el mensaje va a ser el mismo, pero se debe dosificar la información para que uno la pueda asimilar. Pensé que después le reñiría, que le diría que no lo volviese a hacer nunca más.

Con las prisas, salí de casa sin chaqueta, y cuando el frío de febrero me abofeteó en la calle, di media vuelta y volví a subir mientras un baile improvisado de palabras inconexas tenía lugar dentro de mí: «accidente», «taxi», «Mauro», «bicicleta», «quirófano», «ven», «inmediatamente». Cogí la chaqueta del colgador y cerré la puerta bruscamente. No quise esperar el ascensor y bajé los tres pisos por las escaleras con el repique de mis tacones marcando una marcha de compás binario, propia de un desfile militar.

Había comenzado la guerra contra el tiempo. He calculado infinidad de veces cuántos minutos perdí con el olvido de la chaqueta. La primera semana de su muerte, reproduje la escena unas cuantas veces, cronómetro en mano; siempre marcaba dos minutos siete segundos, y las décimas variaban en función de si me costaba más o menos meter la llave en la cerradura. Mi padre, asustado, me ordenaba que dejase de hacer aquello, pero cronometrar me ayudaba. A diferencia de cualquier otra cosa, cronometrar tenía una finalidad, una justificación y un objetivo, respondía a una metodología, a un plan de trabajo con el que sentirme culpable; cronometrar me mantenía unida al momento previo al cataclismo. Quería ese momento. Deseaba volver y quedarme en él. Allí, frente al mar, aunque fuera ya como expareja. Por lo menos sería la expareja de un hombre vivo. No se me ocurría otra forma de echar el tiempo atrás.

El informe policial debe ser completo, tener un cuerpo principal. Era miércoles y los niños salían de la escuela con gritos de alegría que me estremecieron. Los niños salían de la escuela y los padres, ajenos a mi sufrimiento, los iban a recoger a los diferentes centros escampados por toda la ciudad aparcando coches demasiado grandes en doble fila, encima de la acera, con los intermitentes puestos, haciendo protestar al taxista que profería insultos a diestro y siniestro, complicando un tráfico ya de por sí amante del conflicto. Los niños salían de la escuela envueltos en aroma de mortadela, colonia y mandarina en el mismo momento en que un sol mortecino empezaba a ponerse sobre Barcelona. Era el mismo instante en que Mauro perfilaba los últimos retoques del retrato de su vida: presión intracraneal demasiado elevada por el traumatismo, coma, parada cardíaca. No fue necesario trasladarlo a quirófano.

Los humanos nos puntuamos desde que nacemos y hasta que morimos. Puntuamos los conocimientos que adquirimos, el color de los ojos que admiramos, los culos que acariciamos, los domicilios que habitamos y los países a los que viajamos. Necesitamos puntuar. Morir al cabo de un tiempo desde el accidente se llama «segundo pico» en la valoración inicial del paciente politraumático y representa un treinta por ciento de las muertes por esa causa. Por la mañana yo había puntuado a un recién nacido por encima de ocho en el test de Apgar; un niño sano, rollizo y con la cabeza llena de cabello, y esa misma tarde, en otro hospital, un doctor con un bigote que escondía una boca con una expresión cómica que no me parecía apta para acoger muertes anunciadas puntuaba el ingreso de Mauro con un cinco en la región de cuello y cabeza, abdomen, columna lumbar y contenido pélvico. Un cinco, en su sistema de puntuación, corresponde a situación crítica, supervivencia incierta.

Cuando llegué, la certeza era absoluta: había muerto.

—Todo ha sido muy rápido —nos informó el doctor. Nacho me agarró de la mano y, sin medir la fuerza, me la apretó muy fuerte. Y como si se tratara del estribillo de una canción que nos sabíamos de memoria, esperamos la segunda frase de la conocida estrofa—. Hemos hecho todo lo que hemos podido. Lo siento mucho.

Se habían despedido frente a la editorial. Mientras yo escuchaba el relato, atenta por si aún estaba en mis manos cambiar algún punto de la historia, Nacho movía la pierna derecha sin parar. Hacía que vibrase toda la hilera de sillas de la sala de espera. Nacho se disponía a entrar en el local mientras Mauro se ajustaba el casco. Hizo sonar el timbre de la bici para saludar a su amigo y socio, que ahora hablaba conmigo con los ojos muy abiertos y dando pequeños sorbos de agua de un vaso de plástico que alguien en algún momento nos había dado. La boca seca es un paso previo a un miedo húmedo que llena el diafragma como una balsa de desolación.

Nacho se había dado la vuelta para devolverle el saludo. Dijo que sonrió. Unos segundos más tarde, antes de cerrar la puerta, oyó el estallido. El coche apareció por la izquierda. Se había saltado el semáforo en rojo. Nacho había seleccionado unas frases para contarme qué había ocurrido y son las que yo he aceptado y he asumido como final. Las he grabado dentro con la ordenación narrativa y rítmica precisa, pero hay lagunas y son perversas. A veces, cuando no puedo dormir, recreo la escena una y otra vez para llenarlas. Mi vertiente científica necesita saberlo todo, como si fuera un estudio exploratorio, fijarme en las circunstancias inofensivas que lo rodeaban cuando tuvo lugar el accidente, saber si había alguien más alrededor, qué hacían esas personas, qué hicieron cuando la bicicleta ya estaba en el suelo, saber si Mauro le había dicho a su amigo que yo ya lo sabía, si habían hablado de la fecha en que tenía pensado irse de casa, si le había contado que no lo quise abrazar frente al mar durante su intento por calmarme, imaginarme los ruidos que había en la calle en ese momento, porque solo retengo el timbre y el estallido. Nacho no habló de ningún otro ruido. Sonrisa, acústica fatídica, y por último el susto clavado en las pupilas tras la frágil protección de los cristales de las gafas.

Dentro de la sala de espera yo no apartaba la vista de una mancha diminuta en la camisa de Nacho, una mancha que era como una puerta que se abría al horror, un pequeño punto de color rojo oscuro, el rojo inconfundible de la sangre desoxigenada. La puerta se abrió de par en par. Llegaron los padres y la hermana de Mauro, y nos abrazamos sin pensarlo. Nuestras cabezas se tocaban, formábamos un círculo ceñidos con los brazos. Cuerpos que sollozaban, piernas que desfallecían, y yo, abstraída, los sostenía a todos con mi incredulidad, más pendiente de reconocer el perfume molesto de la que de alguna manera había sido mi suegra y entender que lloraban la muerte de un hijo, de un hermano. Los vínculos familiares adquirieron una importancia primordial al momento. Madre, padre, hermana. Tenía el árbol genealógico al completo.

«¿Los familiares de Mauro Sanz?» Todavía solos en la sala, Nacho y yo nos levantamos a la vez, coordinados por una coreografía miedosa. Pero ahora habían llegado las ramas del árbol nacidas de un mismo tronco, que crujían con un dolor que no podía ser como el mío. El dolor de un padre es diferente del de una madre y el de una madre del de una hermana, y por supuesto, el dolor de una mujer es diferente del de una mujer a quien acaban de dejar.

Algo me alejaba de la realidad; había tanta dureza que era incapaz de llorar, de volverme irascible, incapaz de soltar aquellos aullidos aspirados de animal herido que la madre de Mauro emitía, o el llanto desconsolado del padre. Su padre, aquel profesor universitario distante, doctorado en Geografía y Planificación Territorial, con quien era imposible cruzar más de dos palabras, lloraba ahora sin filtros. No iba a poder soportarlo mucho tiempo más, pero era imposible huir de los dedos desesperados que se me hundían en los hombros como garras y que me obligaban a formar parte de una familia. Me acogían en su pérdida y me otorgaban un protagonismo que los meses siguientes tendría un peso que todavía no era capaz de calcular. Son estas decisiones que no podemos tomar por nosotros mismos las que cuestionan quiénes somos y en quién nos convertimos.

La mujer blanca, de cuarenta y dos años, residente en Barcelona y sin antecedentes penales no llora, no habla, no piensa con claridad y ve a una chica que entra en la sala. En este punto solo se da cuenta de que la chica es alta y delgada y que camina con la elegancia de una bailarina. A partir de entonces la llamará Bailarina. Cuando todavía se encuentra a una distancia prudencial de todos nosotros, gira la cabeza hacia un lado y el otro como si la llamasen desde diferentes direcciones. Entonces la mujer blanca que no llora, ni habla ni piensa con claridad se da cuenta de cómo contrasta la belleza de la Bailarina con la derrota gélida que llevamos escrita en la cara todos los que permanecemos atrapados dentro de la sala, y, por encima de todo, la Bailarina nos salpica con una juventud de escándalo. Está llena de luz. Pelo negro, largo y fino, brillante, sin signos de tintes ni colores falsos. Las facciones en su sitio. La piel envidiable. No hay en ella nada marchito, el tiempo la mima, es limpia y desprende un halo encantador. La Bailarina mira a ambos lados como si buscara a alguien y se tapa la boca con una mano temblorosa. Con la otra se aferra a las asas del bolso de piel. La Bailarina empieza a encajar dentro de la atmósfera de nervios y desesperación que corresponde a una sala de espera, y entonces Nacho la llama:

—¡Carla!

Nacho se levantó y se acercó a ella. Le colocó ambas manos en los hombros y le dijo algo. Lo único que le podía decir. Ella se dobló, como si fuera de goma, se arrodilló y dejó caer el bolso al suelo. Nacho la levantó y la acompañó hasta la hilera de sillas. Quedamos sentadas una junto a la otra. Había palidecido y tenía los labios blanquecinos. Repetía con una voz más madura que la imagen que proyectaba: «No puede ser, estás mintiendo. Di que no ha muerto. Es mentira, mientes». Parecía muy indefensa. Algo me empujó a pasarle un brazo por la espalda y a ofrecerle agua. No era yo quien actuaba sino una capa que llevo encima a consecuencia de mi profesión.

—Paula, ella es Carla —dijo Nacho, abatido.

Lo fulminé con la mirada para hacerle saber que me había fallado como amigo y después él evitó mirarme.

Carla. La fuerza de un nombre. Carla es un lugar, un hecho, un perfume sospechoso, un relato, un recuerdo amargo, una risa afónica, una duda que quizá siempre había estado en casa. Carla es un mundo oculto.

Levantó la vista rápidamente y cortó de tajo el cántico sobre la verdad y la mentira. Por la inmediatez de su reacción, quedaba claro que mi nombre me situaba como alguien conocido. Temblorosa, me escudriñó con los ojos de color avellana y tragó saliva. Ella aún tenía. Procuré no separarme de mi papel de profesional médico que me protegía como un caparazón y le ofrecí un vaso de agua con el tono empático y compasivo con el que he aprendido a hablar a los padres sacudidos por el dolor, seleccionando con cuidado las primeras palabras que romperán el silencio hostil de cuando se espera lo peor.

Necesitaba dejarle claro que Mauro había tenido siempre a una mujer fuerte a su lado, alguien capaz de controlar una situación como aquella y no alterarse por su presencia. Era a él a quien quería gritar y escupir, pero a un muerto ya no le puedes reprochar: «¿Ves como no me estaba volviendo loca? ¿Ves como sí nos ocurría algo?». Que hubiese otra persona me había pasado muchas veces por la cabeza; sin embargo, creía que tocarle la moral con un tópico tan gastado me ridiculizaba hasta convertirme en alguien endeble y vulnerable.

Ella reanudó el rosario de que no podía ser verdad, se tapaba la cara con las manos y no se estaba quieta; parecía que yo le había dejado de interesar, que ya no quería saber nada de mí. Me sentí ridícula.

De repente me di cuenta de la magnitud de lo que acababa de ocurrir. Mauro no volvería nunca más.

Esperé en el vestíbulo del hospital durante un intervalo de tiempo inexistente, unas horas vaporosas, entre el sueño y la vigilia. Saludé a familiares que llegaban alarmados y a quienes repetía el mismo relato, las mismas palabras que impactarían como metralla contra mi carne aún días después en espacios que ahogaban: un tanatorio, una iglesia, un funeral.

La bicicleta.

El semáforo.

Cuarenta y tres años.

No puede ser. Aún no me lo creo, Paula.

Una desgracia.

Cuánto tiempo sin verte, Paula.

Madre mía, Paula, lo siento mucho.

Te acompaño en el sentimiento.

Tienes que cuidarte, ¿me oyes?

Algunos lloraban mientras me daban el pésame. Me lo daban a mí. ¿Dónde estaba la Bailarina?

El informe policial debe ser fácilmente entendible. Sigue con la aparición de la hermana de Mauro en el vestíbulo, un pañuelo de papel arrugado en la mano, ojos menguados e inflamados, nariz enrojecida, expresión neurasténica. Durante unos días todos tendremos esta pinta y a mí me faltará incluso potencia muscular. La mujer blanca, de cuarenta y dos años, residente en Barcelona y sin antecedentes penales la quiere bien lejos, pero su padre la ha educado para mantener ciertas emociones a raya y callar palabras liberadoras; él tenía un piano con el que desahogarse; ella no, así que aguanta como solo ella sabe hacerlo.

—Mañana, Paula, cuando me haya recuperado un poco, te llamaré, si no te importa.

—...

—Por si sabes algo, por si te había mencionado alguna vez si quería que lo enterrasen o lo incinerasen. Con nosotros nunca había hablado de estas cosas.

La mujer blanca queda desolada por el tiempo verbal utilizado por la hermana. De una forma insustancial, Mauro pasa a ser parte del pasado.

—¿No es demasiado pronto? —pregunta la mujer blanca con un hilo de voz.

—¿Qué quieres decir?

Pero no sabe qué contestar. Demasiado pronto para darlo por tan muerto que ya tuviéramos que pensar en un funeral. Demasiado pronto para tener que creérnoslo.

A partir de esa noche el piso se llena de una sombra, de algo cargante que entra conmigo a casa, se adhiere a los muebles, a las paredes, a la tela del sofá. Impregna los pomos de las puertas, el bol de cerámica del recibidor, la ropa, las sábanas, el cepillo de dientes. Se aferra a mis gestos, a mi cara dentro del espejo, a la cafetera, a la voz lejana del presentador del informativo, al teléfono que no deja de sonar. Durante un par de días, la hermana de Mauro es una costra sobre piel quemada. Hace que el peso de la carga aumente y le da una forma monstruosa, llenando el piso de palabras como «esquela», «tanatorio», «urna», «corona», «ataúd», «flores». Las flores. Las plantas. Las flores. Mauro. Se me perdía la mirada hacia fuera, hacia la terraza, pero ella tiraba de mí para llevarme de nuevo hacia dentro, hacia los catálogos y los papeles fúnebres que insistían en embellecer el fracaso de la vida para poder mirarla de nuevo a la cara, y quizá, algún día, hacer las paces.

—De verdad, Paula, ¿no recuerdas haber hablado con él sobre el tipo de sepultura que quería?

Me encogí de hombros y me mordí el interior de las mejillas. La quería fuera de casa, quería golpearla. La palabra «sepultura» me pareció arcaica y fuera de lugar. Me inquietó que en un momento de confusión y altamente doloroso aquella mujer tuviera la cabeza lo suficientemente clara para ser capaz de seleccionar la palabra «sepultura». Habíamos hablado de coches, de viajes, habíamos discutido acerca de los hijos que no tendríamos, habíamos bromeado sobre cómo sería él sin pelo en la cabeza o yo con el pelo blanco, le había gritado que no hay peor trampa entre dos personas que una hipoteca, nos habíamos reído jurando que no nos jubilaríamos jamás. Eso era lo más lejos que habíamos llegado en la proyección del futuro; pero no, de sepulturas y cuál nos gustaría no habíamos hablado nunca.

—Cenizas —dije para cortar la conversación—. Teníamos una cala favorita. Cenizas, por favor.

Cerrar el horror.

Reducirlo con rituales.

Quitarse de encima el vocabulario mortuorio.

Quitarse el muerto de encima.

Enfadarse con él por mentiroso.

Llorarlo por todo lo demás.

Todo lo demás, ahora ya insalvable.

Dejarme la chaqueta y subir de nuevo a casa para cogerla me robó dos minutos, siete segundos y algunas décimas imprecisas. También me molestaron todos esos críos que se reían alborotados e impedían el paso mientras subían a los coches y las madres les colocaban el cinturón de seguridad, y se despedían hasta el día siguiente. Para ellos había un cinturón de seguridad. Para ellos hubo un mañana.

Habría podido llegar a encontrarlo con vida, a gritar su nombre, y, como aún no había muerte cerebral, su cerebro habría podido crear una última imagen de mí, de mí a su lado. Tendría que haberme dado más prisa.

Dos minutos, siete segundos y algunas décimas imprecisas. Te dejas una chaqueta y la tragedia resulta abusiva, gigantesca, y de repente la desmesura no tiene nada que ver con el dramatismo del accidente, ni con la muerte misma. Te dejas una chaqueta y la desmesura consiste en no haber estado a su lado para acompañarlo, para calmarlo. No estuve a su lado para abrazarlo, ni tampoco para perdonarlo.

Desde que no estás, del teléfono solo espero desgracias y ofertas para cambiar de compañía. El timbre todavía me asusta a cada llamada. El «todavía» me viste. Todavía me alarmo, todavía me despierto para coger aire, cada vez que me cruzo con una bicicleta por la calle todavía le doy la espalda. Sin querer, todavía pongo la mesa para dos los viernes por la noche. Si hago crucigramas, todavía busco tu mano en el sofá y te pregunto: «Seis letras, dícese de la vasija redonda». Todavía suspiro al no recibir respuesta. Todavía releo eso de «Huiría contigo si pudiese, Carla». Todavía miro el vídeo en el que ella te manda un beso dentro de una lancha neumática a punto de descender por aguas bravas vestida de neopreno, con casco y chaleco salvavidas, se ríe y salpica la pantalla. Todavía me ruborizo cuando, en medio de vuestras conversaciones, mi nombre aparece como un estorbo. Y ahora, cuando descuelgo el teléfono, pasado el susto del primer timbre, si llaman del banco preguntando por ti o por el titular de la línea, ¿ahora sabes qué, Mauro?, ahora me gusta decir en voz alta que no estás, y deseo con todas mis fuerzas que insistan un poco más, que me pregunten a qué hora te podrían encontrar en casa, para poderles responder que no será posible, que has muerto. Ahora me gusta este pequeño impacto y me lucro con la misericordia cuando dicen: «Lo siento, señora. Disculpe». Y cuelgo y se hace el vacío. Y todavía cargo tu móvil y lo dejo al cien por cien de batería, y después espero que se agote toda, como si fueses de verdad y las cosas banales te mantuviesen con vida.

7

—Podrían convertir el hielo en agua y hacer unas nubes de laboratorio, ¿a que sí, Paula?

Martina pela una castaña con sus dedos pequeños y desde hace un rato delibera sobre las posibilidades de llevar la lluvia allí donde hay sequía. Es una pequeña réplica de su madre, por cómo se mueve y los ojos azules, por la retórica, por la imagen que proyecta, de tirana de facciones liliputienses que tiene el mundo a sus pies, y, como ocurre con la madre, la dulzura o la gracia se imponen de repente y conquistan a sus súbditos. Me temo que soy la única que le sigue el juego. No sé muy bien cómo tratar a los críos de estas edades, los prefiero cuando apenas pesan y luchan por abrirse camino. Tiendo a pensar que los niños felices, crecidos, que hablan, andan y comen sin dificultad no me necesitan para nada. Pero a menudo, cuando estoy con las niñas de Lídia, siento que me administran una dosis de inocencia y felicidad gratuitas, y, posiblemente, para un adulto apesadumbrado no existe remedio más sencillo y eficaz que dejarse llevar por el vaivén infantil. Su hermana, que en poco más de un año se ha convertido en una hormona malhumorada escondida tras un flequillo y un teléfono móvil, parece levitar sobre un par de piernas espigadas. Mal sentada, en la otra punta de la mesa, nos ignora mientras teclea como si no hubiera un mañana, y el padre de las criaturas, que hace un momento alargaba las últimas sílabas mientras intentaba dialogar conmigo sobre los candidatos demócratas y republicanos de las elecciones presidenciales en Estados Unidos, duerme ahora en el sofá, con la cabeza echada atrás y la boca abierta, sin rastro de votos ni de sondeos, solo con algunas migas de *panellet* sobre el pecho. Se las quitaría, pero temo despertarlo, y además es divertido verlo así, imperfecto, sin que se pueda gustar tanto como cuando está despierto.

Disimulo el amodorramiento de la sobremesa y me encanto, como lo hago siempre que vengo a esta casa, con una fotografía que convive con muchas otras sobre el mueble del televisor. Lídia y yo sonreímos en pleno desierto de Atacama. Teníamos poco más de veinte años. Lucimos la piel y el pelo tostados por el sol y la satisfacción de cuando uno estrena la vida adulta y huele el poder de la libertad. Nos habíamos conocido en primero de Medicina, poco antes de hacer ese viaje inolvidable. Me llamó la atención su actitud de líder. A la semana de haber iniciado las clases ya se había ofrecido como delegada, había pautado grupos de estudio para quien pudiera estar interesado y trataba a los profesores con la confianza de quien lleva media vida entre las paredes de una facultad. Igual que yo, se iniciaba como estudiante de Medicina, pero los nervios y la timidez que afloraban en mí entre todas aquellas caras nuevas contrastaban descaradamente con su desenvoltura. Menuda y atlética, con una estética desenfadada pero impecable a la vez, le envidiaba la forma de moverse entre los compañeros, y aquel punto de insolencia con el que iniciaba razonamientos que metían a más de un profesor en un enredijo.

Durante el primer trimestre apenas nos dirigimos la palabra, aunque yo la venía estudiando a ella desde hacía cierto tiempo; era solo que no creía que alguien tan popular pudiera acercárseme sin más. No empezamos a hablar hasta el día que me preguntó si le podía dejar los apuntes de biología celular porque el día anterior no había podido asistir a clase.

—¿Qué pone aquí?

Señaló mis apuntes con cara de no entender nada.

—Lo siento, ese hombre habla a una velocidad que cuesta atraparlo.

—Y tú apuntas maneras, doctora. Esto podría estar escrito en sánscrito o en cirílico —dijo divertida. Tiene los incisivos algo separados, cosa que todavía hoy le da un aire travieso.

Parecía que poseía una energía diferente de la mía; se le notaba cuando hablaba con ese poderío, efusiva e ingeniosa, gesticulando con la cara y con las manos. Se la veía tan segura de sí misma... Yo me contenía mucho, estudiaba cada palabra antes de decirla del mismo modo que la ha había estudiado a ella. Le envidiaba la ropa, la naturalidad, la familiaridad con la que atraía a la gente y cómo se formaban pequeños círculos de estudiantes a su alrededor; le envidiaba la fuerza y eso que hacía con el mentón, aquel aire de invencibilidad.

Nos miramos unos segundos como reconociéndonos por primera vez, y fui consciente de que algo perdurable nacía de ese encuentro, ella despreocupada y extravertida, yo sufridora y prudente. Con el tiempo aprenderíamos que juntas nos contagiábamos las dosis necesarias de lo que a una le escaseaba y lo ajustábamos a lo que a la otra le sobraba. El liderazgo que la caracterizaba se ha ido aplacando con los años, y, aunque me pese reconocerlo, también se ha ido aplacando la necesidad de estar juntas a menudo o de hablar a diario, como solíamos hacer antes. Su opción de vida, con marido e hijas, horarios y escuelas, es difícil de encajar dentro de mi opción, mucho más adusta; y sin embargo, desde que Mauro no está ha resurgido para las dos la necesidad emocional del principio; ella necesita hacerme saber que está ahí, más por ella, pienso, que por mí. No se lo reprocho, va con ese yo tan preeminente suyo que he ido trampeando todo este tiempo, y a mí ya me va bien vomitarle sin reservas todo lo que siento cuando ella insiste, y haber podido contarle, finalmente, que de no haber sido por un semáforo en rojo Mauro se hubiera ido de casa.

Me animo a calcular cuánto tiempo hace que la conozco. El moscatel me ha dejado la cabeza nublada, así que resto y sumo con esta dificultad añadida mientras gesticulo con los ojos para que la pequeña Martina no piense que lo de hacer lluvia artificial no me fascina.

Me obsesiono con los años, hago de nuevo el recuento con un ábaco imaginario. Los cálculos aritméticos se forman con las pinceladas sueltas que acaban trazando una vida: la universidad, su boda, nuestras respectivas residencias, el año en que Mauro y yo nos conocimos. El primer embarazo de Lídia, nuestra especialización en pediatría, los viajes, los amigos, la plaza en el mismo hospital, el piso, la neonatología, su segundo embarazo, y cuando me doy cuenta de la efeméride me levanto de la silla rápidamente. Encuentro a Lídia trasteando sola en la cocina con el rumor del lavavajillas de fondo. Los rizos del pelo parecen cabriolar mientras trajina platos y lo guarda todo en tápers. Es una mujer de tápers, los tiene de todas las formas y colores y los considera patrimonio del alma. No cuadra con la mujer más popular de los pasillos de la facultad, pero aquí está, rompiendo moldes, rodeada de recipientes de plástico.

—Lídia, ¿sabes qué? —Me adentro en la cocina.

—Las niñas se insultan o Toni ronca en el sofá, ¿verdad?

—¿Sabes cuánto hace que nos conocemos?

—¿Cómo?

—¡Que hace veinticinco años que nos conocemos, Lídia!

—¿Veinticinco? ¿Tan viejas somos ya?

Me sorprende que deje caer la mirada sobre el fregadero y frene levemente la actividad, que esto le haga pensar en el paso del tiempo y no en el motivo de celebración que ha hecho que yo me levantara de la silla.

—Lo tendríamos que celebrar, ¿no te parece?

Le doy un golpecito con la cadera y hago un gesto trivial con las manos, como si agitara unas maracas, pero me doy cuenta de que la alegría no es correspondida.

—¿Sabes qué día es hoy, Paula?

—Lo sé de sobra, querida. Ni se te ocurra mencionar el día de hoy. ¡Veinticinco años, Lídia! ¿No te parece un buen motivo para salir a tomar una copa?

Coge un trapo de cocina y se seca las manos, se gira hacia mí, se aparta un rizo de la cara.

—Paula…, no te lo tomes a mal, pero me parece que fingir que hoy es un día cualquiera no te ayuda.

El buen humor se esfuma. Sus palabras se me clavan en el corazón y me encienden las mejillas con la intensidad de una vaharada húmeda que se desprendiera de las paredes del cementerio.

Un día dedicado a la memoria de los muertos, como si los muertos no se recordaran a diario. Primer día de noviembre. Primera hora de la mañana. Primer y único mensaje en el contestador: «Paula, buenos días, reina. Hoy será un día duro para ti. Si te apetece, yo iré al cementerio a dejar unas flores para mamá. Hay posibilidad de lluvia, así que voy a coger un taxi hasta Montjuïc. He pensado que este año quizá deberíamos ir juntos. Dime algo y así me organizo, ¿de acuerdo?».

El pitido del contestador.

«No hay más mensajes.» Nunca hay más.

Me he quedado un buen rato sentada en el suelo, repasando un pequeño surco que hay entre dos láminas del parquet, pretendiendo ignorar el cumulonimbo ceniciento que intentaba tragarse la normalidad que me había impuesto hoy. He ensayado cómo decirle a papá que pronto hará nueve meses durante los cuales cada día ha sido un día duro, y que hace treinta y cinco años que mamá no está, eso son unos doce mil setecientos setenta y cinco días duros, doce mil setecientos setenta y cinco días de mirar una fotografía en blanco y negro sobre la mesilla de noche. Una cantidad temporal que da suficiente margen para haber entendido que a tu hija no le hace falta esperar un día concreto del año para recordar a los que no están, y teniendo en cuenta que las cenizas de Mauro están aquí y allá, a mí no se me ha perdido nada hoy en Montjuïc.

Al final lo he llamado, pero me he limitado a decirle que no me encontraba bien, mal cuerpo, un principio de gripe, pero que de todas formas, gracias por la propuesta. Mentiras piadosas, la falsedad producida de manera espontánea y con espíritu de protección, porque una palpa la rareza y sabe que debe protegerse sola, como siempre, incapaz de explicarle a nadie esta rareza que ninguna otra persona puede advertir, ni Lídia ni tampoco mi padre. Se trata del desconcierto que surge cuando dos hechos aislados, la muerte de mamá —superada y guardada en algún lugar remoto dentro de mi cabeza de niña— y la muerte de Mauro —tumultuosa y todavía viva dentro de esta cabeza nueva de ahora—, de repente se relacionan y se suman y el mundo se tambalea.

El cumulonimbo es de base ancha y oscura y se eleva hasta alcanzar una gran altitud. Ello me permite observar el escenario por donde parece que va a transcurrir mi vida a partir de ahora, y detesto no encontrar allí restos de lo que era mi vida hasta hace muy poco. Tampoco hace tanto. Nueve meses no son tantos. Son suficientes para acabar de dar forma a una vida intrauterina o para recordar a un muerto.

Todos los Santos.

Día de los Difuntos.

Mamá.

Mauro.

Los días se acortan y la naturaleza entra en un estado de muerte aparente. ¿Dónde están el mar, la sal, la sandía? ¿Dónde están las risas? ¿Dónde está la luz?

—Si quieres, te acompaño.

—¿Adónde me acompañas?

—¿Adónde va a ser? Al cementerio, Paula. Dejo a las niñas con Toni y nos acercamos en un momento. ¿Quieres comprar flores?

—¿Quieres cerrar el pico?

Me tira de la mano hacia ella antes de que yo pueda salir de la cocina y me abraza. No entro dentro de su gesto, me enfado con ella. Me aparto.

—Me alegro de no haberte conocido a los siete años, cuando murió mi madre, Lídia, porque te aseguro que no te habría aguantado ni cinco minutos. ¿Por qué te empeñas en hacerlo tan grande?

La sombra se deja caer eficaz sobre la amiga y, a pesar de todo, me siento satisfecha de haber escupido algo tangible que por fin me ayude a entender qué está pasando.

Por ahora el combate lo va ganando el espíritu sombrío que me tiene prohibido disculparme. Todavía no. Llevo meses degustando el enigmático sabor de la amargura; que lo haga ella también, que tiene una vida sin grietas, con hijas bonitas y sanas y con soluciones para todo, con tápers y menús equilibrados, un marido que se duerme en el sofá sin reparo mientras le hablo, y unas ganas desmedidas de celebrar rituales cristianos o celtas o lo que sea esto que toque hoy. Una vida sin muertos. Toma, Lídia, un poco de dolor. Te lo regalo, pruébalo.

—Yo no lo hago grande, Paula. Pero es que actúas como si no pasara nada y me da miedo que de repente te des cuenta y explotes, y entonces será mucho peor.

Se le encienden unas manchas rosáceas en el cuello y la cara, como farolillos resplandeciendo sobrecogidos, pero, aun así, ¿qué puede saber ella de la inclinación del mal? Desconoce que las medidas cambian, que las proporciones dejan de precisarse a escala humana y se calculan ahora con actos concretos: quedarse sentada en el sofá hasta la madrugada para evitar entrar en la cama. Escuchar canciones nuevas en la radio de camino al trabajo y pensar que él ya no las conocerá; dormirse al fin abrazada al jersey verde que se compró Mauro en Reikiavik; utilizar los últimos granos de sésamo tostado que compramos juntos en el mercado, con aquel envoltorio que nos hizo tanta gracia porque al deshacerlo en la cocina para meter el sésamo en un tarro resultó ser una página de periódico de la sección de contactos. Cada acto corresponde a un tamaño, a una altura y a un peso, y la suma es la medida del vacío y del dolor que siento cuando intento asumir que yo ya no formaba parte de sus planes de futuro.

En el fondo intuyo que Lídia está en lo cierto, que todo puede ser peor y que aún me queda mucho por conocer. Casi necesito un milagro para deshacer el nudo en el que la sombra nos ha atrapado, pero posiblemente la amistad sea esto, el milagro que todo lo mitiga, que me desarma, porque el trato con Lídia es un lugar conocido e intacto, y cada vez es más urgente encontrar indicios de normalidad.

—No quería decir lo que te he dicho. Ojalá te hubiera conocido a los siete años. Ya iré mañana o cualquier otro día. O quizá no vaya nunca, Lídia. Es que no me gustan los cementerios. ¿A quién le gusta ir al cementerio? ¿Qué se supone que se hace en el cementerio? —pregunto con resignación.

—Pues por eso te lo decía. Por lo menos hoy hay gente, y flores, y color. Te acerco en mi coche. Está bien recordarlo hoy.

—No me gusta recordarlo allí. —Le ruego con los ojos que me confirme que mamá y Mauro están en cualquier otro lugar lejos de las placas grabadas con su nombre al lado de un número de nicho, lejos de materiales tan resistentes para aguantar la intemperie del más allá.

Las cenizas divididas en gramos, volcadas en dos bolsas de plástico. La mía dentro de una urna biodegradable para hacerla flotar ilegalmente en el mar. La otra en Montjuïc, dentro de un nicho, obedeciendo órdenes maternas hasta el final. Un hombre meticuloso y con la cabeza cuadrada desordenado para toda la eternidad.

Martina abre la puerta de la cocina, revolucionada. Esconde algo dentro de sus pequeños puños y se acerca con dificultad para mostrárnoslo.

—¡Mirad!, ¡mirad!

El tono agudo y animado de su voz me obliga a enjugarme una lágrima traicionera con el puño del jersey.

La niña abre las manos y lanza al aire pedacitos de papel de aluminio que ha recortado minuciosamente.

—¡Ya sé hacer la lluvia!

Alzo la vista y me obligo a creer que tengo cinco años. Las lágrimas no aparecen en los recién nacidos hasta las cuatro o las seis semanas después de nacer. En realidad, el llanto no tiene una función fisiológica concreta, sino que es un efecto secundario de la estimulación del sistema nervioso. Me esfuerzo por controlarlas. Me ordeno detenerlas y lo consigo.

Los pedazos de papel plateados caen a cámara lenta y cubren toda Barcelona de una lluvia purificadora, también el cementerio del Sudoeste, con sus centenares de miles de sepulturas, una de ellas la de mi madre, Anna, con el mármol envejecido cubierto por las flores amarillas, vivas y alegres, que seguro que papá le habrá llevado hoy. La otra, nueva, reciente, con el cemento que la sella aún tierno. Ella le debe de haber llevado alguna flor blanca, porque, acéptalo, Paula, un poco también fue suyo.

8

Los días pasan iguales, incoloros e inquisidores, en esta nueva etapa que pesa de una manera indefinida. Trabajo mucho, duermo poco, como menos y recuerdo demasiado. Técnicamente no puedo hacer nada al respecto. He dejado de tener el control sobre mí misma.

Después de las guardias salgo a correr por la carretera de les Aigües para cansarme hasta la extenuación, con la esperanza de poder dormir en algún momento. Un psicólogo, profesor de la Universidad de Texas, ha publicado artículos sobre el impacto de la privación del sueño y explica muy bien cómo alguien que no duerme durante un tiempo prolongado normalmente se vuelve psicótico, alucina y sufre interrupciones de sus funciones cognitivas básicas. A la privación del sueño la llaman «tortura blanca». Las técnicas de tortura blanca no dejan marcas físicas y por ello son más difíciles de demostrar ante un juez.

Me niego a pedirle a Santi unos días de baja para poder descansar. Visto así, la única torturadora soy yo misma y estoy bajo mi propia custodia. Castigo, interrogatorio, disuasión; a saber cuál es el objetivo que pretendo conseguir, así que corro, corro consciente de la respiración, de los minutos, de los segundos, de las pulsaciones; corro huyendo de mí.

Aunque venga muy temprano, aquí siempre hay gente y por eso me gusta. La sensación de carencia empieza a ser agotadora. Esta mañana, jadeando, me he parado en un rincón donde no había nadie, a los pies del observatorio Fabra. Olía a musgo y a vida húmeda. He cerrado los ojos para sentirme en lugar seguro. El débil sol de otoño me calentaba y era tan agradable que he necesitado retener el momento. Dos pájaros chapoteaban en un charco. Cuando mi madre enfermó y en cuestión de meses la perdimos, papá se aficionó a la ornitología hasta un punto de no retorno. Llenaba los fines de semana de una manera obsesiva con excursiones y salidas. Yo lo seguía arrastrando los pies, sin opción, como una penitencia, con los prismáticos colgados del cuello y aquellas dos coletas imperfectas que ni él ni yo sabíamos peinar. Colaboraba con redes de anillamiento científico, marcaba las aves, elaboraba tasas de supervivencia y medía el éxito reproductor, todo en unas fichas de cartulina amarilla que carreteaba arriba y abajo como un neurótico. Cuando hubo anillado más de quinientos individuos de cincuenta especies diferentes, obtuvo la categoría de «anillador experto». Mientras tanto, yo lo observaba y deseaba que me cogiera entre sus manos con la misma delicadeza, que me colocara la anilla metálica numerada en el tobillo y me diera la oportunidad de cederle la información precisa sobre mi edad y sobre mis ganas de emigrar hacia donde habíamos habitado los tres juntos no hacía tanto tiempo.

Me regalaba pósteres de pájaros que a mí no me decían nada. A medida que fui creciendo, las paredes de las habitaciones de mis amigas se llenaban de los cantantes pop del momento, mientras que de las mías colgaba un póster de las golondrinas y los vencejos que anidaban en Cataluña, otro con cinco hileras de loros de diferentes tonos de verde que rezaba «Amazon Parrots», y otro más en tonos marrones y ocres de aves rapaces de la península Ibérica. Mi padre cree que los pájaros son seres inteligentes y que algunos compiten con los primates y hasta con los humanos en sus formas de inteligencia. Aún hoy es un tema recurrente en sus conversaciones, pero yo evito participar en ellas, puesto que solo sabría decirle que, para mí, los pájaros sustituyeron a una mujer. La invasión de los pájaros era la manera de no perder el control y contener las aguas del río, de olvidar el sonido ahogado de mi padre aquellas primeras noches sin mamá, sollozando sobre el piano, en el sofá y sobre el kílim bereber que ella había comprado en un anticuario en el sur de Francia, del que se declaraba absolutamente enamorada. Para mi padre, los pájaros fueron un muro de contención primero, una afición después, y un nido de nuevas amistades que lo ayudaban a sonreír, así que de pequeña aprendí a no cuestionar su método para sobrellevar el duelo, y aunque a veces me hacía pasar mucha vergüenza cuando quería impresionar a la gente nueva y me ponía a prueba con los nombres de los pájaros, pronto comprendí que tocaba seguirle el juego y que así las cosas serían emocionalmente más fáciles. Papá es un hombre práctico, y, por lo que a mí se refiere, si había especies capaces de retener de doscientas a dos mil melodías diferentes en un cerebro mil veces más pequeño que el mío, yo tenía que ser capaz de manipular mi manera de encajar el vacío infinito que había dejado mi madre. Hice más excursiones ornitológicas que ninguna otra criatura de mi edad y dejé que me llenase las paredes de pájaros hasta que me fui de casa a los veinte años sin haberle confesado que, dentro del espectro de intensidades que abarca el miedo, el temor que me producían los pájaros era desproporcionado. Me provocaban aversión los movimientos breves de cabeza, las patas frágiles como ramillas y el cuerpo caliente y tembloroso que latía bajo las plumas dentro de mi mano cuando hacía que los sujetara para ponerles la anilla.

Llegué a aprenderme todos sus nombres de memoria. También los científicos, aunque con los años los he ido dejando atrás como un mecanismo de defensa. Esta mañana dudaba de si los pájaros del charco eran luganos o verdecillos. Presa de algo parecido a un ataque de melancolía y sin pensarlo dos veces, los he fotografiado con el móvil y he enviado la imagen a mi padre. No ha tardado ni dos segundos en responder: «Macho de lugano. ¿No ves que la parte superior de la cabeza es negra? ¿Vendrás a comer el próximo domingo? Un beso».

Comer con papá el domingo. Otra vez. Otro domingo. Cuarenta y dos años. He dado un puntapié contra el suelo para que se marcharan los pájaros y he arrancado con rabia una ramada de un arbusto sin darme cuenta de que estaba llena de espinas, con la mala suerte de clavarme una en el dedo. «¿Lo ves, Pauli?, esto es el karma. Esto te pasa por enfadarte.» Me pregunto si eso que dicen sobre que se puede oír a los muertos será algo parecido a esto. «¿Te duele? Es un *Rubus ulmifolius*; las espinas son una tocada de huevos, pero a finales de agosto dará moras negras y maduras. Podrías hacer mermelada con ellas. ¿Cómo lo ves?, ¿te animas?» Pero estoy segura de que no puede ser tan banal, que oírlos tiene que ser más teatral a la fuerza, se deben de abrir las nubes en el cielo como en una pintura de Turner, y las hojas de los árboles probablemente se agiten enloquecidas. Seguro que suena, cuando menos, Beethoven. Debe de ser así, ¿no? Esto de ahora tan solo soy yo obligando al recuerdo, yo jugando a hacer duplicados del original. Poco más. Sonrío a la nada con resignación. He estado un buen rato peleándome con la espina hasta que he conseguido sacármela con pequeños pellizcos. He mirado la franja azul del mar que marca siempre una posibilidad que atrapar, una ruta hipotética por donde huir. He buscado cobijo en él con el regusto metálico de la sangre en la boca y luego he acariciado el móvil con las manos heladas. Hartos de tanta racionalidad, los dedos iban solos, un paso por delante de la cabeza. Sin poder evitarlo, jugueteaban con el teléfono hasta encontrar la página de contactos. Una vez dentro, han deslizado todos los nombres hacia arriba y hacia abajo, divagando, una y otra vez, de la a la zeta, de la zeta a la a hasta pararse en la qu. Quim. He vuelto a mirar hacia el mar y luego a mi alrededor. Es un poco embarazoso, pues no sabría qué decirle. No se contacta con alguien después de meses de silencio para pedirle que venga a hacerte el amor hasta calmarte, hasta dejarte dormida, y a pesar de ello, siento que se lo podría pedir y que él accedería, lo haría fácil, comprensible, no habría consecuencias ni tampoco preguntas, solo este vínculo erótico con el que creo que me puede abastecer de todo lo que necesito para dormir: contacto humano, que me toquen, que me manoseen, que me recuerden que existo, que alguien se entretenga en desabrochar los botones que ahogan, que la casa se llene de ruidos, que el aliento caliente de las palabras terrenales me acalore y me respiren los vivos al oído. Los dedos se impacientan con el nombre y bailan intranquilos a su alrededor, conscientes de estar jugando con fuego.

«No apagues la luz, por favor. Quiero verte.»

Estábamos en otro hotel, en otra habitación neutra, pero él inspeccionaba cada rincón de mi cuerpo con idéntico deseo. Reprimo automáticamente el recuerdo, borro la imagen de sus manos hendidas en mi carne, la calidez de su piel, el aleteo lento de sus pestañas al entrar dentro de mí rítmicamente y el chirrido de la cama que a los dos nos provocaba una risa tímida. Los dedos ceden y triunfan, van directos a su nombre corto y poderoso, que ocupa ahora el centro de la pantalla. Quim. La pequeña herida del dedo escuece al pulsar el nombre, un nombre con i que al pronunciarlo en voz alta te devuelve la punzada de la espina. Un nombre breve para un hombre que intuyo que no puede durar demasiado. Me he acercado el teléfono al oído, expectante. Un tono, dos tonos, el latido de mi corazón tan contundente que hacía palpitar la camiseta, tres tonos. Ha saltado el contestador y he colgado.

—¡A la mierda!

He cogido un puñado de arena y lo he arrojado al vacío. Furibunda, he maldecido el arrebato y la estupidez de llamarlo. «Olvídalo, Paula.»

El olvido tendría que ser un proceso natural. Se tendría que poder olvidar en el mismo momento en que uno toma la decisión de olvidar. Olvidar debería ser inmediato; de lo contrario, recordar se convierte en una degradación, en un acto de resistencia. No lo quiero olvidar. Quiero dejar de filosofar, tirarme de los pelos, hacer añicos un jarrón contra el suelo, esconderme debajo de la almohada, que alguien que no sea mi padre me proponga ir a cenar, volver a vivir como antes y amenizar alguna noche con el perfume de la coquetería. Eso es lo que quiero, solo eso, la contradicción de saberme capaz de avanzar para recuperar todo aquello que he dejado atrás.

He estado todo el día pendiente del teléfono y he ideado una retahíla de posibilidades alrededor de su silencio. Dichas posibilidades van desde las poco derrotistas —un cambio de número, un móvil estropeado, que no tenga cobertura allí donde se encuentre— a otras más dramáticas —que no quiera saber nada más de mí, que le haya ocurrido algo grave que le impida comunicarse, que haya muerto—. ¿Por qué no? Me enderezo, tomo aire y me acuso de trágica, y luego recrimino mi nueva tendencia a llevarlo todo hacia el ojo del huracán. Me recuerdo que todo sigue en su sitio, las nubes, el mar, el insomnio, los muertos. «No ha muerto nadie más», Paula, y arranco a correr.

He tomado una sopa de sobre, una copa de vino y una manzana para cenar. Es una combinación hostil. Debería comer más y mejor, prescindir de estas sopas nefastas, pero tengo frío y puedo hacer lo que me dé la gana porque soy una mujer sola que llega a una casa donde no vive nadie más. No tengo que dar ejemplo a críos, ni esforzarme en convertir las comidas en una velada agradable. Libertad total y absoluta para volverme una huraña. Esta no es la actitud, pero tampoco hay nadie para corregirme. A medida que la copa de vino se va vaciando, la lleno de nuevo y me animo con la idea de volver a llamar a Quim. No sé si hacerlo, y la duda me provoca una sensación de nervios que me sorprende gratamente. Desecho la iniciativa de inmediato, teniendo en cuenta que lo más seguro es que ya haya visto mi llamada de esta mañana y que, por lo tanto, su silencio solo indique que no hay nada que hacer. Es contradictorio sentir placer con una sensación negativa, pero resulta agradable que a la misma banda sonora de todas las noches, el informativo y algún movimiento de los vecinos en la escalera, se le añada la incertidumbre de si va a devolverme la llamada. «Tienes cuarenta y dos años, Paula, haz el favor. ¿Dónde vas con esta ilusión infantil pegada a las paredes del estómago?»

Oigo la puerta de la calle. Parece que el oído se me ha agudizado últimamente; es parte del estado de alerta que se me activa cuando cruzo la entrada de la que ahora es mi casa. Solo mía. Mientras vierto un poco más de vino en la copa y miro por enésima vez la pantalla del móvil, oigo a Thomas acompañado de una mujer el rellano. Es ella. Reconozco el ruido de sus tacones de aguja. Tintinean las llaves en medio del diálogo que mantienen en inglés y se ríen en ningún idioma. Me la presentó hace unos días al pie de la escalera. Es rubia y luce un bronceado que aguanta los doce meses del año a fuerza de rayos ultravioleta. Viste pantalones de cuero negro. Parece mucho mayor que Thomas; los cincuenta los tiene seguro, pero los mantiene a raya en algún lugar por el que paga mucho dinero. Desprende un aroma dulce de mujer que engatusa hasta que te quedas pegado a ella, pero tiene una mirada vulnerable y un bonito rostro de niña consentida que acaba con todos los clichés. Oigo cómo se abre la puerta del piso de Thomas, y es justo ahora cuando intervendrá el sonido de un beso espontáneo que hará que el corazón me estalle. Las dos bocas que se buscan y brevemente se saludan. La acústica del rellano lo hace resonar y crecer hasta acercarme toda la coreografía entera al oído. Dos labios que se pegan por presión y se separan por tracción. Me siento tan vacía y añoro tanto ese gesto que tengo que tragarme la rabia. Casi sin darme cuenta, estoy en el recibidor, a oscuras, con la oreja pegada a la puerta y la copa de vino en la mano. La tortura blanca no deja marcas físicas, tan solo estos ojos de búho, la cabeza volada y el corazón en un puño por el sonido de un beso. Necesito dormir. Necesito ese maldito beso.

Quim no llamará. Apática, me desmaquillo mientras me observo en el espejo. Estoy pálida, de un gris pálido, como el gris del rostro de las monjas de clausura, que lucen una piel aterciopelada y repleta de arrugas finas. ¿Me verán así también los que me conocen? ¿Estará científicamente probado que con la suma de falta de sexo, de sueño y de contacto humano, más las dosis excesivas de tristeza, el color de la piel muda a gris?

Tengo que buscar algún artículo al respecto.

Se me ha apagado la luz de la cara.

Se me ha acobardado.

¿Rumorearán los amigos sobre mi falta de liberación de progesterona, endorfinas y colágeno?

Mañana correré un kilómetro más.

Las mujeres y los hombres mayores que pierden a su pareja entran en una etapa estipulada de la vida, dictada por decreto ley, así que, desde fuera, se los reconoce bajo el techo protector del duelo y a nadie se le pasa por la cabeza entrometerse en su actividad sexual detenida ni en sus artes amatorias interrumpidas; en cambio, las mujeres y los hombres jóvenes que se han quedado solos permanecen atrapados en un callejón sin salida fuera del espacio y del tiempo, escondidos en una jaula de causas no clasificadas, una jaula desde donde los examinan con lupa y los bombardean a preguntas disfrazadas de compasión. Les dictan una sentencia basada en la reconstrucción obligatoria: aún son jóvenes, fecundos, que pueden encontrar a alguien que les reactive las cosquillas y el deseo. Ellas y ellos, que no saben qué responder, porque no hay manual de convenciones que incluya el capítulo de la muerte en primavera, guardan silencio, incapaces de hacerles entender que han perdido parte de su biografía.

Me meto en la cama sin sueño y retomo la lectura de una novela en la que una mujer mayor y viuda le propone a su vecino del mismo perfil dormir juntos y hacerse compañía por las noches, tenerse el uno al otro para charlar un poco antes de acostarse, sentir la calidez humana bajo las sábanas, nada más. No he leído ni medio párrafo cuando oigo ruidos en el piso de arriba. Han aparecido hace unas semanas. Distingo claramente cómo la rubia bronceada de mirada afable gime en inglés. Se gime en diferentes idiomas, el gemido de placer no es un sonido inarticulado, cada gemido contiene el goce en el idioma de quien lo emite. Pronto me descubro poniendo más atención a los ruidos de la que permiten las buenas maneras. Cierro el libro. Noto un cosquilleo en la entrepierna, algo vibra dentro de mí activado por el revuelo húmedo del sexo del piso de arriba. Procuro proseguir con la lectura, pero no tardo en oír sonidos de un Thomas extasiado. Arrancaría a llorar de envidia, como una niña que quiere aquello que no puede tener. Quiero existir, ser un cuerpo físico y cambiar la piel como una serpiente, seguir adelante y dejar el vestido reseco de pena en medio del camino. Que un niño encuentre la muda seca, la levante del suelo con una ramita y observe, admirado, a la serpiente nueva arrastrándose más allá del camino, con la piel reluciente y ganas de vivir. Me duermo finalmente con el libro abierto sobre la cara y un último pensamiento que será lo más parecido a la voz de Mauro a mi lado: «Esto que lees es una porquería, Paula. Pon un ruso en tu vida de una puñetera vez».

Cuando no son reveladores, los sueños son la mera involución de nuestros días. Pero cuando lo son, crecen sobre un escenario que podría ser un circo capaz de encenderse solo con la magia y la reputación infantil de la ilusión. Los dedos de Thomas juegan con mis pezones, los hace girar como un ladrón inquieto para encontrar la combinación de la caja fuerte. Oigo el sonido de un teléfono y percibo la pereza de desprenderme de la calidez de esta coreografía onírica. Me gusta notar la mano de Thomas en la piel. «It's fine, go on.» Suena el teléfono al final de un pasillo tan largo como la extrañeza de mi sueño. De pronto me despierto, molesta conmigo misma y muy avergonzada por haber involucrado a mi vecino en este conato de fantasía y tener que admitir que me lo estaba pasando bien. Las cuatro de la madrugada es una parada de metro del recorrido nocturno que he ido haciendo los últimos meses. Me bajo siempre aquí, la conozco bien y ella me conoce bien a mí. Las papeleras están llenas a rebosar, el amoníaco sube de un suelo que nunca parece estar limpio. Aspiras una bocanada del aire sombrío de la estación y le revelas todos tus miedos. A veces solo me bajo para ver quién aguanta más con los ojos cerrados; otras, para escuchar el roce de las pestañas sobre la almohada o los segundos escondidos tras el cristal del despertador. Pierdo el control muy a menudo. Lo pierdo si, a pesar de haberme aprendido la teoría y saber que no debo despegar los brazos del cuerpo, alargo uno hacia la izquierda y encuentro el colchón vacío.

Me he lavado la cara y me he vuelto a meter en la cama con la boca seca y un ligero dolor de cabeza. El corazón me da un vuelco. El teléfono del sueño responde a un nombre real escrito en la pantalla del móvil: «Quim. Llamada perdida».

Las cuatro y seis minutos. Una hora extraña para llamar a alguien, pero no puedo perder más metros, ni tampoco más trenes, así que cojo aire y lo suelto como quien se prepara para una acción importante que requiere mucha concentración. Alineo las cavilaciones en un solo pensamiento, resoplo y pulso su nombre. «Descuelga, por favor.» Y descuelga.

—¿Paula?

—Hola, Quim. Perdona las horas. Me acabas de llamar, ¿verdad? —Mi voz nace ronca y más tímida de lo que convendría. Carraspeo y cierro los ojos, como los cierran las mujeres devotas que rezan por penitencia un padrenuestro y dos avemarías.

Entablamos un intento de diálogo, un trámite práctico sobre cosas que no nos interesan, ni a él ni a mí, sobre las llamadas perdidas y la hora que es. ¿A quién le importan los hechos imparciales cuando se está pendiente de medir el impacto de un meteorito contra la Tierra?

—¿Va todo bien, Paula?

Contesto con un sí tan veloz que apenas lo ve pasar.

—Te he llamado esta mañana solo para preguntarte si crees que podríamos quedar. —No consigo aclimatar la voz para que no suene tan asustada, y ahora que saco a la luz lo que lleva tantos días encerrado dentro, me siento ridícula hasta los huesos, hasta tener que disculparme—. Perdona, es que estoy muy dormida —añado con un pequeño sonido que querría ser una risa.

—Pero ¿va todo bien?

—Sí, sí…

—…

—Quim, oye, creo que te debo una disculpa.

Se crea un silencio incómodo roto solo por el sonido nasal al otro lado del teléfono. No le puedo contar la verdad. No puedo subestimar el poder y la fuerza de una palabra tan contundente como «muerte».

—Paula, ha pasado mucho tiempo...

No hay rastro de reproche en su tono, pero no acaba la frase; me invita a darle explicaciones.

—Lo sé. Perdona. No sé qué decir.

—Me preocupaba que te hubiera ocurrido algo.

Me cubro la cara con la mano.

—Me gustaría verte. ¿Crees que podría ser?

Suspira.

—¿No desaparecerás de nuevo? —Ahora el silencio me pertenece. No me lo había planteado, no he ido más allá de la necesidad de un cuerpo que me sostenga y me doy cuenta de la frivolidad y el egoísmo con los que camino desde que Mauro no está—. Era broma, Paula —añade con su seguridad habitual—. ¿Seguro que estás bien?

—Tengo algunas tardes libres antes de la próxima guardia. ¿Cuándo te iría bien quedar?

—Es que estoy en Boston. En principio vuelvo para Fin de Año, aún no tengo billete. Te llamaré cuando llegue, ¿vale?

Boston. La vida ha continuado mientras yo he estado parada. Me gustaría preguntarle qué carajo hace en Boston, si hay una casa sostenible a medio construir, o si tiene a alguien allí que le espera en un pequeño apartamento con nieve en la entrada y que cuando él regresa por la noche, cubierto de serrín de madera de roble, le grita: «¡Amor, hay pollo frío en la nevera!», pero no me atrevo a excederme.

—Vale.

—Hasta pronto, pues.

—¡Quim! —añado a punto de perder el aplomo—. Gracias.

Magnifica la espera con una pausa demasiado larga antes de responder.

—Gracias a ti por llamar.

Boston. Me tumbo en la cama y clavo la vista y la conversación en el techo para estudiarla con detalle. Ha sido una conversación coja y breve, pero acabo de hablar por teléfono con Quim y la estación de metro se sorprende de encontrarme esta madrugada con la musculatura de la cara relajada, sin control, hasta rendirse en una gran carcajada. Es una vieja sensación que se despierta para hacerme saber que he avanzado un paso, que he encontrado una pista en el camino para salir de la madriguera, que la autodestrucción queda aplazada. Al menos hasta Fin de Año. De repente, la sombra me tira de la manga del pijama y me escupe a la cara. «¿Adónde crees que vas, tan feliz?» «Déjame en paz», le ordeno, y esta noche, sorprendentemente, se calla.

Leías un manuscrito en la cama, concentrado. El portátil encendido entre los dos, las gafas en la punta de la nariz, el pijama pulcro, mis pies enredados con los tuyos. Fuera, en la terraza, el riego automático programado para las once y media, la luna en cuarto creciente, los despertadores organizados para hacernos saltar de la cama a las siete y veinte el mío, y cinco minutos más tarde el tuyo. El poco tiempo en que coincidíamos cuando no estábamos zambullidos en el trabajo vivíamos dentro de los límites racionales de la familiaridad encubierta, acomodada, metódica y placentera de dos adultos sin hijos y una vida prosaica. Nos habíamos acostumbrado al silencio, a la casa limpia, al vietnamita del Eixample, al japonés de Gràcia, al orden y al egoísmo individualista de tener suficiente y de sobra con todo aquello. Y periódicamente, como una temporada de lluvia monzónica que se teme pero que ya se espera, regresaban las disputas acaloradas sobre tu anhelo de ser padre, del todo incompatible con mi instinto maternal, tan impreciso como lacónico. Como buenos mamíferos, nuestra relación estaba gobernada por la capacidad de comunicación, que nos proporcionaba beneficios como el alimento, el descanso, la seguridad y la compañía. No era cosa nuestra, Mauro: es un estado que requieren todas las parejas. Habíamos aprendido a comunicarnos a través de la vía química, la física, la visual y la táctil, pero con el paso de los años ya no nos mirábamos tanto a los ojos para contarnos las cosas, ni tampoco nos tocábamos constantemente para pedir la aceitera en la mesa o para cogernos del brazo del otro mientras uno se ataba los zapatos. El mínimo de cariño necesario para empujar nuestra relación ya me resultaba cómodo, y tampoco conocía otra forma de amar. Pero nos amábamos. Te amaba también la noche en que te arranqué el manuscrito de las manos de un tirón.

—No te pierdas esto, Mauro, ¡es buenísimo!

Te quejaste. Te había hecho perder el punto pero te hice callar, divertida.

El astronauta Chris Hadfield, comandante a bordo de la Estación Espacial Internacional, había colgado un vídeo que corría por las redes en el que demostraba que en el espacio las lágrimas no caen. La falta de gravedad hace que el líquido se acumule progresivamente en el ojo y se aguante encima del puente de la nariz. Contemplamos juntos cómo el astronauta se hacía pasar las lágrimas de un ojo al otro. De este vídeo saltamos a otro en el que el mismo astronauta cantaba una versión de «Space Oddity» de David Bowie. Gravitaba por dentro de la Estación Espacial haciendo girar la guitarra sin gravedad, mientras fuera se veía la Tierra cubierta por la atmósfera y llena de puntos de luz humana que dotaban de calidez el lienzo de continentes. Movías los dedos sobre el portátil al compás de la música, te gustaba Bowie, te gustaba mucho.

—Me parece increíble —dijiste.

—Sabía que te gustaría —respondí con la satisfacción de haber sabido entretenerte.

—Me parece increíble que, mientras que aquí abajo la cosa se limita a ir a trabajar y a seguir todos el mismo rebaño de ovejas, día tras día, con la máxima ilusión de viajar a un destino turístico abarrotado de gente durante algunas miserables semanas en verano, allí arriba estén cuatro afortunados flotando por el espacio y puedan vivir con una perspectiva completamente diferente. El espacio existe, por lo menos para ellos.

Si hubiera estado más atenta, en este punto podría haberme ofendido, Mauro, podría haberte dicho que yo era la oveja negra de tu rebaño y que, como tal, esperaba aportarte un poco de diversión y afecto. Podría haberte dicho que tampoco estábamos tan mal, yo lo sentía así entonces, ¿tú ya no? Podría haberte prometido que cambiaría algunas de mis guardias y que sabía utilizar otros tiempos verbales aparte del condicional. Pero me limité a sonreír delante de la guitarra que daba vueltas en la Estación Espacial Internacional y a hacer algún comentario ridículo sobre el bigote del comandante Hadfield.

—Si volviera a nacer, no trabajaría en la editorial. Sería astronauta. —Te quitaste las gafas y me miraste mientras afirmabas con la cabeza, muy convencido—. Sí, Paula, seguro. Sería astronauta.

Volver a nacer. Has tenido que morir para volver a nacer bajo esta apariencia de recuerdo. «Astronauta» deriva de las palabras griegas *ástron*, que significa «estrella», y *nautes*, que significa «navegante». ¿Eres algo de eso? ¿Dónde estás? A la fuerza tienes que ser astronauta. Eras un buen hombre, Mauro. Alguien debería concederte este último deseo. «Vuelve —te pido a veces—, vuelve, por favor, aunque sea con ella.» Pero nada tiene sentido, Mauro. Solo esta sensación de cosa incompleta.

9

—¡Buenos días, Santi! Te he traído un cruasán de mantequilla, de los a ti te gustan, y lo mejor de todo: café casero.

Hace años que Santi y yo compartimos la adicción a la cafeína. Durante mi primera noche como neonatóloga coincidimos en la sala de descanso. Su rostro fatigado contrastaba con el mío, lleno de la emoción de la primera guardia. Él estaba de pie frente a la máquina del café, alto como una torre, y yo esperaba detrás, impaciente, mientras el aroma tostado y volátil invadía el pequeño espacio.

Tenía mil preguntas más que hacerle pero debía contenerme. Había estado mareándolo toda la noche. Esperaba ansiosa el momento de tener que saltar de la silla por alguna parada cardíaca, me desvivía por una reanimación en la sala de partos, lo que fuera, pero necesitaba materializar de una vez por todas aquellas ganas de ser requerida. Fue él quien inició nuestro vínculo a través del café.

—¿Sabías que la cafeína, además de mantenerte despierta, también es un potenciador de la memoria?

—Claro, estimula ciertos recuerdos y genera resistencia al olvido. Y más aún: también mejora el tiempo de respuesta. Se necesita menos activación cerebral para ejecutar una tarea de atención. Lo cierto es que con solo una dosis de setenta y cinco miligramos ya se aprecian mejoras significativas —dije del tirón.

Se volvió hacia mí con estupor, levantando una ceja, blanca ya por aquel entonces, y me miró como si yo fuera de otro planeta. Me encogí de hombros. Le quería explicar también que me parecía brillante que alguien hubiera bautizado con el nombre de «cafeína» el medicamento que se administra para prevenir las pausas de apnea de los recién nacidos, para que no olviden respirar, pero era la primera conversación informal que manteníamos y consideré que no hacía falta potenciar mi vena estrambótica.

La máquina acabó su proceso y él agarró el vaso caliente por el borde solo con dos dedos para no quemarse y se me acercó. Levantó un poco el vaso en señal de celebración.

—Por tu primera guardia. ¡Que todas sean así de tranquilas! Y por el café, o el líquido pésimo que sale de este trasto.

Me limité a sonreír. No me atrevía a decirle que tranquilidad no era lo que yo esperaba; no sabía cómo articular mi ansia de responsabilidad, de poner a prueba todos mis conocimientos, los años de prácticas, de oler el riesgo; no sabía cómo contarle que me seducía trabajar de forma trepidante y que preferiría brindar por guardias agitadas y extenuantes. Con los años nos hemos reencontrado muchas veces frente a la máquina del café, y cuando la guardia es movida, a los dos nos reconforta regresar al recuerdo de aquella primera noche. Así que a veces, si entro a las ocho y sé que tengo que coincidir con Santi al término de su guardia, me gusta ofrecerle café bueno y mimarlo un poco.

He dormido pocas horas, pero teniendo en cuenta las estadísticas sobre la calidad del sueño de estos últimos meses he superado la media con creces. Me he levantado con vitalidad y ganas de creerme que las cosas van a ser distintas. Con la llamada de Quim en el horizonte, esta mañana podía sentir que pronto algo iba a cambiar.

Entré en el hospital con los ánimos renovados, me puse la ropa de trabajo en un santiamén mientras sacaba del bolso el café y el cruasán, y cuando me di la vuelta Santi estaba de pie al lado de la mesa redonda de la sala de reuniones, junto a un chico que no llevaba bata blanca, solo una identificación del hospital.

—Buenos días, doctora Cid. Mira, ven, que te presento a Eric.

Soy la doctora Cid cuando las cosas se ponen feas por un motivo u otro; de lo contrario, soy Paula a secas.

El tal Eric me ha tendido la mano y no me la ha soltado mientras Santi me recordaba que se trata del osteópata que, a través de un convenio universitario, ha planteado un estudio sobre la función del tacto en la terapia manual osteopática en prematuros.

—Eric vendrá de vez en cuando durante un año y medio.

He forzado una sonrisa. Santi ya me había comentado esta historia, pero estaba convencida de que el Comité de Ética no le daría luz verde. No me gusta que se permita entrar en el hospital a profesionales que no son personal de la casa, como tampoco me gusta que Santi no me haya dicho nada de que el estudio ya estaba aprobado hasta ahora, con el osteópata aquí plantado, con las piernas demasiado separadas, un tórax prominente digno de una competición de halterofilia, joven y nervioso a partes iguales. Le suda la mano, ¿cómo se supone que podrá tratar a mis bebés?

Sé que no debo juzgar a las personas de manera precipitada y que tampoco puedo echar la bolsa de papel al suelo con el cruasán y saltar encima, pero durante unos segundos pienso seriamente en hacerlo.

—Paula, justo ahora me comentaba Eric que aparte de los aspectos orgánicos o somáticos, le gustaría trabajar sobre el área emocional y relacional, ¿verdad, Eric?

—Bueno, sí… En la medida que sea posible, creo que sería muy interesante poder demostrar hasta qué punto las intervenciones táctiles tienen un papel central no solo en el diagnóstico y el tratamiento osteopático, sino también en el desarrollo de las relaciones terapéuticas con el paciente.

Me han mirado los dos esperando una reacción por mi parte. No me ha parecido adecuado decir que el discurso que me acababa de soltar se me antojaba de una lógica tan aplastante que creía ridículo llevar a cabo un estudio para probarlo. Me he limitado a cruzarme de brazos.

—Tal como te comenté en su momento, Paula, centraremos el estudio en dos de los cuatro niños que tengamos en la UCIN de manera continuada. Después de indagar en las historias clínicas con detalle, Eric cree que los más interesantes serían Ivet y Mahavir. Hemos explicado a los padres el proyecto y les ha parecido muy bien.

—Eric, ¿nos disculpas un segundo?

He apartado dócilmente a Santi por el codo y me lo he llevado hacia la zona de los ordenadores. De espaldas al chico, le he interrogado con la mirada, y mascullando me ha hecho entender que hiciera el favor, que ya habíamos hablado de ello y que todo lo que sea investigación se valora muy positivamente en el hospital.

—Mahavir…

He dejado la protesta en el aire. Si le dijera que solo lo toco yo, mi infantilismo sacaría de quicio a Santi.

He notado cómo me empujaba con firmeza para acercarme de nuevo al lado del chico, que, a pesar de las apariencias, ha sabido soportar estoicamente este paréntesis incómodo.

—Doctora Cid —ha añadido Santi con desdén—, después de la reunión de servicio, encárgate de encontrar una bata para Eric. Empezará hoy mismo.

Vanesa y Marta han aparecido en la sala charlando con el tono festivo habitual, pero se han callado de golpe cuando han visto al osteópata. Era de esperar que Marta se lo comería con la mirada, y no he podido evitar poner los ojos en blanco. Se han presentado ellas mismas, como si Santi y yo no estuviéramos allí, y han desplegado una cantidad insultante de coquetería y vanidad que el chico ha recibido con actitud seductora. Por si fuera poco, resulta que el mundo es un pañuelo y el osteópata y Vanesa habían coincidido en el mismo camping durante muchos veranos, así que ambos han monopolizado la conversación. Ha sido la gota que ha colmado mi vaso. Aprovechando que Santi y yo nos habíamos quedado en la retaguardia, le he dado la bolsa de papel con el cruasán y el termo de café sin dirigirle la palabra.

—Paula, vamos, mujer. No seas así.

—¿Así cómo? No me gusta tener a gente que no conozco pululando por la UCIN y jugando con los niños. ¿Has valorado el estrés que les puede suponer que se les mueva una vez más al día?

—El equipo de psicología ha recibido al chico perfectamente y quieren colaborar en el estudio. Tienes que ser más flexible, Paula.

—¿El equipo de psicología? ¿Y los de rehabilitación qué han dicho?

—Creo que ahora no es el momento de discutir esto. Eres una gran profesional, Paula, pero no respetas la línea.

—¿De qué línea hablas, Santi?

En aquel momento, a lo lejos, el osteópata ha comentado algo que ha hecho estallar de risa a Marta.

—Hace tiempo que te digo que tienes que aflojar el ritmo de trabajo, que debes reflexionar acerca de lo que te ha pasado. Hacer más guardias que las dos residentes juntas no te ayuda, Paula.

—¡Santi! —he protestado, molesta—. Este tono paternalista me empieza a cansar. Te digo que estoy bien. Además, ¿a qué viene esto ahora?

Se lo ha pensado unos segundos. La luz del primer sol de diciembre entraba sin filtros por las lamas anchas de las persianas y le daba directamente en los ojos. Se los ha protegido con una mano a modo de visera y finalmente ha hablado.

—El hospital no es tu hogar, Paula, ni estos niños son tus hijos.

He tragado saliva, cabizbaja. Me he fijado en los zapatos de Santi. Mi padre tiene unos iguales. Son zapatos de hombre mayor, cómodos, con una buena suela de goma para amortiguar los impactos contra el suelo y que se adaptan perfectamente a los movimientos del pie, ajenos a cualquier conquista estética. Son los zapatos de alguien que sabe lo que hace y que antepone el pragmatismo a la vehemencia.

He quedado envuelta con el eco de su frase mientras él avanzaba unos pasos con esos pies sabios hasta sumarse al grupo.

—Venga, va, chicas, que quiero irme a casa. Os pongo al día de la guardia.

El osteópata ha esperado en un rincón sin saber muy bien qué hacer mientras Santi hablaba con nosotras. Yo fingía que el ataque de sinceridad de este hombre que me ha visto crecer como profesional no me había afectado, incluso he sonreído cuando ha ofrecido a las residentes mi café y ha bromeado diciendo que esperaba que su estancia con nosotros les hubiera servido al menos para saber cómo cuidar a los miembros de su futuro equipo como mínimo tan bien como lo hace Paula. Hay quien sobresale en su trabajo pero es pésimo a la hora de gestionar una disculpa.

«Ni tu hogar ni tus hijos.» No he querido valorar sus palabras, no las he dejado siquiera traspasar el lóbulo temporal superior donde se sitúa el área de Wernicke, que alberga programas para transformar la información auditiva en unidades de significado. «No las puedo admitir como una unidad de significado. No lo haré. ¿Qué sabrá él de todo esto?»

Cuando Santi se ha ido, Marta, exaltada, ha empezado a pincharme con el osteópata. Que no sea boba, que no me corte un pelo, que le tire los tejos, que está como un queso. ¿Qué le pasa a todo el mundo?

—¡Basta! Ya basta. Para, Marta. ¿Dónde te has creído que trabajas? Recuerda que tenemos pendiente el diagnóstico de la niña de la tres. No te irás a casa hasta que aclares el asunto. Vanesa, espabila con las pruebas de Raquel, las necesito antes de las dos. Y poneos las pilas, que el tiempo vuela.

Me han mirado extrañadas. Marta, ofendida, me ha puesto muy mala cara, y Vanesa ha salido escopeteada. El osteópata estaba sentado con los ojos muy abiertos.

—¡Tú!

—Dime, Paula.

Se ha levantado de la silla dando un brinco.

—No, nada de Paula. Doctora Cid, ¿queda claro? Sígueme.

Con toda la perversión posible, le he tirado a la cara una bata una talla más pequeña de lo que le correspondía. Nunca antes lo habría hecho, así que puede que esta sea mi nueva identidad: una mujer sola y malhumorada cuyas expectativas quedan reducidas al trabajo, que come los domingos con su padre, un excompositor de música para publicidad que no la deja irse hasta que deciden juntos si para la nueva melodía azucarada a la que ha titulado «Bella» baja la entonación un semitono o le pone un *do* sostenido. La mujer sola que corre todos los días un tramo más para combatir el insomnio, que se alimenta de artículos de revistas científicas y que vive pegada al móvil buscando el nombre de un carpintero que no la ha vuelto a llamar; la mujer que no quiere fiesta de cumpleaños porque no cree que haya nada más que celebrar, que besa el cristal frío del marco que contiene una foto de tiempos felices y verbenas de San Juan, y que los sábados por la noche, puntualmente, hace de canguro de las dos hijas de su mejor amiga para que ella pueda recuperar un poco la vida de pareja ahora que las niñas son mayorcitas, para que pueda recuperar a un hombre callado que maneja cosas de banca, pero que está allí, que existe, que huele a la colonia que le regalaron por Reyes la última Navidad y que ocupa un trozo del armario con su ropa demasiado formal. Un marido que cuando era joven, no hace tanto, fumaba porros y lo daba todo imitando a Julio Iglesias, y que poco a poco, desde que lo vistieron con frac y prometió a Lídia que le sería fiel en la prosperidad y en la adversidad, en la salud y en la enfermedad, y que la amaría y respetaría todos los días, fumó menos, y que con la primera ecografía en las manos ya no fumaba ni tampoco cantaba, y que con la segunda ya hablaba de partos y papillas en las sobremesas hasta que se le puso cara de pan. Pero está allí, después de todos estos años, y por más que se haya avinagrado, consigue que Lídia no sea transparente, y cuando llega a casa, ella le pueda explicar si había tráfico en las rondas o si hay que llamar al técnico porque el maldito extractor hace ruido. Por mucho que le falte la viveza de hace unos años, le da las buenas noches y se despierta todos los días a su lado.

Así que la mujer déspota podría sustituir a la políticamente correcta y sacar a pasear a ese monstruo que está criando dentro, sin tapujos, sin valores, sin un futuro emocionante, porque ¿qué importancia tiene ya? Si la cosa va de levantarse de la cama y recordarse que tiene que respirar, mejor hacerlo sin escrúpulos, sin esperar nada de nadie.

Después de un portazo y unos cuantos pasos acelerados con el osteópata echando el hígado por la boca, me he parado jadeando justo antes de entrar en la UCIN.

—Voy a ser quien yo quiera ser y no la que los otros decidan, ¿de acuerdo? —he gritado a Eric.

—¿Perdone? —ha preguntado él, atónito.

Estaba tan ensimismada en mis deliberaciones que he perdido el mundo de vista. No le puedo dar la razón a Santi, tengo que dejar de vivir en mi introspección y empezar a atender lo que pasa a mi alrededor. Me podría medicar, aunque solo sea para los nervios, dormir, drogarme, pero no hace falta medicalizar cualquier situación; mi situación es simplemente la vida, la vida que pasa y se atasca. «Te has hartado de explicarlo a los padres de los pacientes que no mejoran o cuando llevan ya meses viviendo en el hospital. Recuerda aquello que les dices, Paula: que se acerquen a la playa, que coman en la Barceloneta con el sol de invierno de cara, que los niños estarán en buenas manos.» He cerrado los ojos y me he esforzado por imaginar el mar.

—¿Doctora Cid? ¿Se encuentra bien?

El osteópata me ha tocado el hombro. Cuando he abierto los ojos me miraba preocupado y con la bata puesta, que apenas se podía abrochar. Teniendo en cuenta las medidas de su tórax, parecía que llevara puesto un disfraz de algún superhéroe a punto de evolucionar hacia un estado superior de fuerza y energía sobrenaturales. Me ha dado un ataque de risa, y él debe de haber pensado que soy una persona desequilibrada, y lo cierto es que, después de este brote, no tengo demasiados argumentos para discutírselo.

—Te pido disculpas por mi comportamiento.

—No pasa nada, de verdad, doctora Cid —repetía, totalmente descolocado.

—Paula. Me puedes llamar Paula y tratarme de tú. Pensaba que el día había empezado mejor, pero chico…, lo siento.

—Te comprendo perfectamente, no te preocupes.

Me trago las ganas de reprocharle que no entiende nada de nada.

—Bienvenido a la UCIN, Eric. Manos bien limpias, desabróchate la bata y ya estarás listo para que te presente a mis tesoros. Antes de entrar me gustaría que te quedase clara una cosa. —Ha asentido, expectante—. No estoy convencida de tu estudio.

—Pero el doctor me habló de la aceptación del equipo y yo pensaba que…

—No, yo no lo he aceptado nunca. No tengo nada en contra de vuestra disciplina, al contrario, pero no estoy convencida de que sea lo que necesitan estas criaturas ahora mismo.

Ha bajado levemente la cabeza, sumiso, y después me ha mirado a los ojos con franqueza.

—Gracias por la sinceridad. Entiendo el trajín y las dudas que te pueda generar tener a alguien que no forma parte de tu equipo trabajando directamente con los niños, pero yo estoy convencido al cien por cien de lo que hago. Confía en mí.

Confiar. «Confía, Paula, confía en él, confía en que "las especies que sobreviven no son las más fuertes ni las más inteligentes, sino aquellas que se adaptan mejor al cambio". Cambia, Paula.»

Le he tendido la mano y él me ha ofrecido la suya. He abierto la puerta y le he invitado a pasar. Santi puede decir misa, que yo, cuando piso el suelo de esta unidad que amortigua el sonido del mundo, estoy en casa.

La viuda negra vive sola durante los doce meses del año, pero hace una macabra excepción: a veces mata y se come a su pareja después de la cópula, un violento ritual de aparejamiento al que le debe el nombre.

También está Hanna Glawari, fruto de la imaginación de Viktor Léon y Leo Stein para la opereta de tres actos de Franz Lehár *La viuda alegre*. Hanna es joven y bellísima; ha quedado viuda de su marido millonario y debe volver a casarse por razones de Estado.

Y después estoy yo, que, como no soy artrópoda ni he estado casada contigo, no tengo ningún término que pueda acuñar para encajar en este mundo de los vivos donde parece que todo tiene que quedar clasificado y archivado.

En la Antártida no hay arañas, ni tampoco en el aire, ni en el mar.

10

Buscábamos un piso de alquiler. Entre la zona y el precio, dimos prioridad a la zona. Queríamos silencio por la noche y tenerlo todo a mano de día. Mauro perseguía una terraza, yo la luz. Los sueños los perseguíamos por separado en el mundo laboral. Compartir un piso en propiedad con él se habría parecido demasiado a un anillo de compromiso, a un expediente matrimonial o a un perro al que vas a sobrevivir seguro porque como mucho va a durarte unos doce años. Mi padre era más de comprar, como muchos de los que son de origen humilde y se acaban ganando bien la vida y les ataca el ansia de ser propietarios. Yo vengo del mismo lugar, pero nunca he deseado un piso propio. Siempre he pensado que todo lo que compromete a la permanencia se puede ir sin avisar, y lo que se llena puede vaciarse con la violencia de un raspado. Pasa con las madres, con los pisos, con los perros; pasa con el amor.

Solía encantarme con las fachadas de los pisos más grandes de otras zonas de Barcelona, con el deslumbramiento de un espejismo. Salir del barrio era un deseo factible. Era muy consciente de que me alejaba de la amalgama de sabores, colores e inmigración del Sant Antoni más popular, donde había crecido. Entonces me atrapaba el vaivén de gente cerca del mercado, la mezcla epidérmica, la lengua que se fragmentaba y se unía otra vez evolucionando hacia un idioma nuevo, una realidad viva y cambiante, pero ya de mayor me irritaba el agujero de ruido en que se iba convirtiendo el barrio poco a poco, las obras y las aberraciones con los precios de los alquileres y de compra. Me molestaban las calles atestadas de bares siameses que desplazaban sin piedad los negocios encantadores de toda la vida, y me incomodaba, sobre todo, mi pasado. Estaba convencida de que la vida ocurría en otra parte. Me fui al otro extremo, a una especie de isla peripuesta de la zona alta de Barcelona donde la mayoría de los habitantes, como muchos de sus pisos y casas, viven de cara a la galería. Puertas adentro, tras las máscaras de labios retocados y mocasines lustrados, se cocinan silencios inquietantes. Personajes conservadores, muchos de ellos acabados y aferrados a una seguridad económica irreal, que viven ajenos a cualquier posibilidad de subversión están congelados, adormecidos en su propio sueño. Los domingos sorprende la cantidad de gente que se reúne alrededor de las iglesias, gente muy joven repeinada y cortada por el mismo patrón, familias enteras con numerosos hijos equipados con ortodoncias, cuellos de polo y lazos de satén demasiado grandes en la cabeza. Me pregunto qué le piden a Cristo, o qué le confiesan, o qué le agradecen, en todo caso. Después compran el pollo asado, y listo. Durante la temporada de nieve y también en verano, el barrio queda vacío de familias y solo se ven señoras mayores elegantes con perros más limpios y bien alimentados que toda la población infantil junta del Cuerno de África.

Yo llegué aquí para reinventarme. El barrio de Sant Antoni me definía y lo que yo quería era desdibujarme, y solo supe apreciarlo de verdad cuando me fui. Me habían dado plaza fija en el hospital y tenía ganas de adulterar mi persona. Papá me educó para progresar, y con el cambio de barrio estaba convencida de que podía dejar atrás a la Paula estudiosa, la que conocía todos los pájaros, y convertirme en una falsa pequeña burguesa porque tenía un buen sueldo. Y estaba convencida también de que, de paso, podía hacerle feliz a él. En gran parte, las personas progresamos para satisfacer los deseos paternos. Ir a vivir a un barrio situado por encima de la Diagonal fue como adquirir un nuevo estatus. Fingido, pero un estatus nuevo, al fin y al cabo. No me interesaba la gente del barrio ni pretendía parecerme a ella; solo pensaba en ser diferente y punto. Traicionar mis raíces para proyectar una imagen ligeramente mejor. Permitirme el lujo de pasear por las calles limpias encandilada por las frivolidades pasajeras que me hacían sentir una felicidad postiza que ya me iba bien. Mucho antes, sin embargo, cuando cambiar de barrio aún no me era posible y solo podía permitirme compartir el alquiler con una traductora de Cáceres que tocaba la flauta travesera a todas horas, yo ya traspasaba con la mirada los balcones apoyados en viguetas y con una barandilla metálica y me imaginaba dentro, sola, con una pequeña moto destartalada aparcada en la esquina que me serviría para desplazarme cómodamente hasta el hospital. Pero entonces un día te enamoras de verdad por primera vez en la vida. Eres una mujer de treinta años. Segregas dopamina, serotonina y oxitocina y empiezas a aflojar. Atrás queda la chica de Cáceres con quien habías convivido los últimos años, y por no pedir dinero a papá estás dispuesta a compartir otro piso, aquel que a ti tanto te gusta y al que ya has echado el ojo tantas veces, con aquella simetría horizontal y vertical, el esgrafiado de la puerta de entrada y la cenefa que decora esa parte de la fachada con tonos rosados. Mauro es enigmático e inteligente, y te hechiza. Cedes cuando metes en la lavadora su ropa interior junto con tu camisa de algodón preferida, cuando conduces un coche en vez de una moto, cuando viajáis juntos a lugares que hasta ahora eran tus puntos de fuga privados, cuando conoces a su familia y tú le presentas a la tuya, breve y anómala, pero renuncias también a no dar tantas vueltas a las cosas.

No claudiqué con la hipoteca y alquilamos el piso que nos acogió desde el principio, se adaptó a nuestra forma de querernos sin estridencias.

Pensar que Mauro era mío me daba mucho trabajo y requería reflexión. Casarse equivaldría a un piso en propiedad y no hacerlo se asemejaría más a uno de alquiler. Así pues, tenía a un hombre alquilado, atento, con gafas y con cierto aire endomingado. No sabía si me gustaba tenerlo en el sentido de poseerlo; me gustaba él, en presente, y basta. Me gustaban las conversaciones, las cosas que me leía, cómo se indignaba con la política y cómo se implicaba en cosas que los demás no hacían, salvaba plantas y animales y daba dinero a asociaciones que defendían la naturaleza. Desde nuestro dormitorio solía observar cómo se afanaba ajetreado en la terraza los días festivos. Una mañana de verano, a los pocos años de vivir juntos, entró en la habitación con la frente perlada de sudor. Tenía las uñas sucias de tierra húmeda y llevaba un rastrillo en la mano. Habló de la vuelta de las vacaciones, del otoño, de celebrar algo con los amigos. «Aquí mismo —dijo— he plantado fresas.» Me lanzó una mirada prudente que hablaba de compromiso. Cedes mientras el amor segrega química, y entonces llega el otoño precipitadamente, se caen las hojas de los árboles y te cae un anillo en el dedo. Con un tiempo prolongado de convivencia a la espalda, el cerebro guarda las últimas gotas de feniletilamina, un compuesto químico de la familia de las anfetaminas que consiguió que yo aceptara la joya con gracia y silenciara el tsunami de preocupación que se agitó dentro de mí. En el hospital me quitaba el anillo justo al llegar y lo dejaba en la taquilla junto con la bolsa y la ropa. La fragilidad de los recién nacidos era la excusa que convertía aquel gesto desertor en inocente. El anillo como un círculo, como una figura sin principio ni fin. Como una amenaza de matrimonio eterno. La Paula comprometida cerrada bajo llave durante unas horas. Años después lo llevaba aún, sin tan siquiera notarlo, y cuando ya me había dejado un pequeño surco en el dedo anular yo había respondido dos veces que no, que no me quería casar. Desistió. Nos enfadamos. Lo arreglamos. Seguimos. La cenefa en la puerta de entrada, la terraza, la luz, el anillo en el dedo, la ropa interior del uno y del otro dando vueltas sin fin, y poco a poco el deseo se desliza por el desagüe y todo deviene en una calma cómoda, involuntaria, completamente maquinal. La joya guardada. Un pretexto sobre la medida es suficiente, no me va bien, me lo pondré solo en algunas ocasiones, las que se suponía que debían ser especiales mientras me sabía atrapada dentro de lo que llaman normalidad, pareja estable, vida en común. Se ha cedido tanto por ambos lados que ya no se notan las costuras del vestido que oprime la carne, como el anillo, como un síndrome de Estocolmo. Nadie es culpable. Pasa y punto.

Estoy en casa de Thomas. Él duerme. Dejo caer la vista por las calles del barrio, sumidas en un estado letárgico a estas horas de la madrugada. Las luces de Navidad ya están puestas. Navidad. Mi corazón trepa como una gargantada de leche agria, pero me lo vuelvo a tragar. Me he puesto el anillo de compromiso hace unas horas, cuando estaba con Lídia. Después de tantos años sin llevarlo, siento el mismo peso en el dedo que el día en que Mauro me lo regaló. Muevo el pulgar dentro de la palma de la mano para hacer rodar la joya tanto tiempo guardada; la acaricio, se adapta a mí sin problemas, como si nunca nadie hubiera quebrado el círculo.

Lídia ha estado en casa hace unas horas. La he acompañado a hacer las compras de Navidad. Se ha convertido en una mujer previsora. Me gustaba mucho más antes, cuando militaba por los pasillos de la facultad o improvisaba expediciones médicas a lugares remotos donde no llegaba la luz ni el agua corriente. No se lo digo.

—¿Has pensado ya qué vamos a hacer para tu cumpleaños?

—Ay, Lídia, no empieces. Venid a cenar a casa, tú, Toni y las niñas, y se acabó.

—Te equivocas, reina. Haremos una fiesta como Dios manda. Y déjate de niñas; las niñas bien lejos, por favor. Y Toni, ya veremos.

—Qué pesada eres cuando quieres.

Ha subido a casa protestando por el frío. Se ha puesto y quitado una chaqueta tres veces frente al espejo. El color no la acababa de convencer. En un par de horas me ha puesto al día de un mundo que ha dejado de interesarme. Me habla de aniversarios, de películas, de restaurantes; me implica en discusiones privadas que mantiene con algunas madres de niñas que van a la misma clase que sus hijas, de quienes está harta.

—¿Recuerdas que te dije que la muy boba ha confundido el cargo de delegada de clase con el de vicepresidenta del Senado?

Dejo de escucharla y especulo sobre si yo sería capaz de saber quién es la delegada de la clase de mis hijas hipotéticas. Mis hijas hipotéticas tendrían que ponerme al día constantemente. Mis hijas hipotéticas me tendrían que recordar cada mañana que soy madre. Insiste en que no soporta a esa tía, y que cuando coinciden en la calle, un día la saluda y al otro no le dice nada, pero qué más dará, porque ella no está nada implicada con el grupo de la clase, que ya tiene bastante trabajo con lo suyo, aunque ahora cuatro madres la quieren convencer para subir a Montserrat y poner un belén el último día de clase antes de las vacaciones de Navidad.

—¿Y tú me has visto con pintas de subir una montaña para plantificar allí al niño Jesús?

Saltaba de un tema a otro mientras hurgaba en las bolsas de la compra. Últimamente se queja de todo: del trabajo, porque hace más horas que un reloj, y total, para hacer revisiones todo el día y ver a niños con un simple resfriado acompañados de madres histéricas que viven los mocos como una enfermedad terminal. Se queja de sus padres, que empiezan a olvidar si es el martes o el viernes cuando les toca ir a buscar a las niñas al colegio; se queja del marido, que, según dice, es algo parecido a un truco de magia: ahora lo ves, ahora no lo ves; se queja de las obras de su calle, de que el café está frío, de que le pica la lana del jersey. Se queja. Lídia es una mujer cada vez más irritable, y me cuesta reconocer en ella indicios de la seguridad que me transmitía antes. Está molesta con una vida que se ha portado la mar de bien con ella. Hay personas que brillan cuando hay conflictos que resolver, pero que cuando las cosas van bien se marchitan, se aburren y se apaga el halo que las hacía especiales. No sirve de mucho no querer aceptar que la amistad también envejece, como los libros, como las películas, que de repente parecen tan obsoletos. El pensamiento me hace sentir miserable. Pero no puedo permitirme perder a más personas queridas, así que me obligo a seguirle el juego.

Me ha hecho sentar en el borde de mi cama. Me ha probado una gama de sombra de ojos que, en su opinión, resalta mi mirada enigmática. La he mirado con escepticismo, pero ella ha continuado, decidida. También he dejado que me pusiera rímel en las pestañas y la edición limitada de un colorete que lleva por nombre Orgasm. Me ha guiñado el ojo. Mientras me dejaba maquillar con los ojos cerrados y su monólogo como banda sonora imparable, me ha cogido la cara con suavidad. El tacto de sus dedos en mi piel ha logrado alejar y difuminar su voz. A los doce años, cuando me pusieron ortodoncia, los días que mi padre tenía encargos pendientes que se traducían en horas y horas encerrado en el estudio me mandaba sola a las visitas al dentista. Componía música publicitaria para spots televisivos y cuñas radiofónicas, en un momento álgido de la música original en publicidad. Me había acostumbrado a vivir con mi padre, pero, aun así, que él no me acompañara al dentista era una tragedia. No se lo dije nunca, aunque me daba pánico. Aparte del dolor cuando me ajustaban los aparatos retorciendo el alambre por detrás de las muelas, era la única niña de la sala que no iba acompañada y que esperaba temblorosa y muerta de vergüenza a que la enfermera la llamara por el nombre. Mientras tanto, observaba a todas aquellas madres comedidas, algún padre de vez en cuando, pero sobre todo madres, pasando las hojas de las revistas, impávidas dentro de su normalidad y lanzando respuestas mecánicas a las respectivas criaturas. Olían bien, llevaban perlas y pulseras que tintineaban cuando recolocaban un cuello de una camisa mal doblado o ataban los cordones de un zapato. Eran madres dulces, madres escudo, madres tigresa.

Eran madres en una sala de espera. De aquellas visitas obtenía una sensación afectuosa que con los años no he reencontrado en ningún otro lugar, quizá porque la necesidad de afecto menguó a medida que fui creciendo, pero el hecho es que no recuerdo haber sentido en ningún otro sitio la sensación de ternura de las manos de las auxiliares sobre mi rostro cuando me introducían las herramientas frías en la boca mientras esperábamos al doctor. Los dedos de las auxiliares me conmovían por la delicadeza, me salvaban de la pequeña tragedia que se producía en cada visita al dentista. Papá se desenvolvió bien en su papel de viudo, pero nunca ha sido un hombre físicamente amoroso. Yo no sabía que necesitaba tanto aquel afecto más directo hasta que me encontré inmersa en el olor a antiséptico de las salas del dentista. Lídia me ha maquillado. Siento sus dedos de la misma manera.

—Paula…, ¿te has dormido?... Oye, ¿dónde te dejo todo esto? A ti te queda mucho mejor que a mí.

Ha guardado el colorete en un cajón de la cómoda sin dejar de hablar por los codos, y de repente ha enmudecido. Nos ha atrapado un silencio parecido al que se produce poco antes de una tormenta, cuando los pájaros vuelan más bajo y todos los animales que la pueden prever huyen despavoridos.

—Paula, ¡el anillo!

Lo ha sacado de la caja verde de terciopelo, y cuando la ha cerrado, el ruido de las bisagras diminutas ha sonado como un trueno. Tormenta inevitable.

Un anillo.

Una terraza llena de amigos.

Risas.

Complicidades.

Comíamos.

Bebíamos.

Seguíamos segregando.

Las plantas crecían exuberantes.

Decorábamos.

Celebrábamos.

Vivíamos.

—Dejé de ponérmelo hace unos años. Es que me iba demasiado pequeño —he dicho fingiendo desinterés, pero mirando la joya de reojo.

—¿Creías que no me había dado cuenta? Siempre me ha parecido precioso.

Un solitario, un pequeño diamante redondo, sobrio y elegante. Tiene razón: es precioso.

—Vuelve a ponértelo, Paula.

—Pero ¿qué dices? —he protestado.

Nos miramos. Primero cuento diez pecas de su nariz para evitar exaltarme, pero me busca, y esos ojos azules se tornan un espejo. Me veo dentro sola, sin hijos, sin perro, sin plantas siquiera, sosteniendo un anillo que guardado en una caja no es nada, y, no obstante, si intento ir más allá, si continúo descifrando los matices del azul en su mirada, el anillo en el dedo me posicionará, me hará ocupar un sitio, me ahorrará explicaciones incómodas. A efectos prácticos, el anillo me esputará un nombre: «Viuda».

—Mauro te quería mucho, Paula. Una crisis existencial la tiene todo el mundo, y aún más a estas edades. Eras la mujer de su vida.

—Lídia, no sigas por aquí.

Pero lo hace. Se quita una pequeña borla de lana que se le ha formado en el jersey y la hace girar entre dos dedos mientras habla de «la chica esa», que no hubiera durado nada, y yo me arrepiento de haberle contado la existencia de la Bailarina y por dentro calculo cuánto tiempo es «nada», si todos los meses que llevaban juntos se pueden considerar «nada», si todos los planes de futuro guardados en el móvil de Mauro caben dentro de la «nada».

—He hablado con Quim por teléfono. —Lo escupo como un gargajo para frenar sus ganas de organizarme una vida que ya no existe. El mar de sus ojos parece que se calma. Sonríe y arquea una ceja, indiscreta—. A lo mejor nos vemos a finales de diciembre.

Se le aclara la mirada, pero vuelvo a tener palpitaciones. Ya hace días que las tengo. Mi cuerpo se ha convertido en una carcasa blindada capaz de atacar las trincheras para seguir adelante, pero con cada batalla que acaba, descubro una pequeña herida que me debilita y pone en evidencia mi resistencia menguante. Me pregunto hasta cuándo va a durar la guerra y hasta cuándo seguiré de pie.

Es noche cerrada. Urge escabullirse, hacer avanzar las horas mortecinas, invocar la primavera, que se haga la luz, ir a trabajar. Me he llevado el portátil al sofá, voy en pijama, mantengo todavía el maquillaje intacto como una payasa en el camerino después de la actuación. Una payasa con un anillo en el dedo. Bebo vino, segunda copa. Intento recordar si antes tomaba vino con la misma asiduidad. Sé que no, que no bebía tanto, pero finjo que me asalta la duda. Cuando se está solo, es importante mantener ciertas dosis de diálogo con uno mismo, ponerse contra la espada y la pared, no permitírselo todo. Cinco minutos y el alcohol ya está en la sangre. El plan es quedarme aquí tumbada y dejar que el etanol deprima el sistema nervioso central, me duerma y disminuya la intensidad de mis funciones cerebrales y sensoriales: pero el plan falla, un poco como todo últimamente, y decido ceder a la curiosidad y escribir la palabra «viuda» en «Google imágenes». Tropiezo básicamente con dos estereotipos: señoras mayores tristes y solitarias, algunas de negro, no todas; y mujeres jóvenes atractivas, devoradoras de hombres que hacen saber al mundo que vuelven al mercado. Parece que hay dos formas válidas de encarnar esta nueva etiqueta vital, pero para mí ninguna de las dos tiene sentido. Recuerdo vagamente otra viuda, una planta de la que hablaban una tarde Mauro y papá cuando fuimos de excursión por los alrededores del monasterio de Sant Pere de Rodes. La busco también. La encuentro. Los puedo ver a los dos charlando con bermudas y mochila, señalando aquella flor de color rosa violáceo con unas aristas largas abiertas en estrella, y yo sentada en un pequeño muro esperando impaciente para poder llegar a tiempo a la playa de las Clisques y darnos un baño antes de la puesta de sol. No podía saber entonces que llevaría el nombre de una araña o de una flor bordado en una beta invisible de mi piel.

Apuro la copa de un solo trago. Leo por encima titulares de noticias, no consigo pasar de ahí. El mundo ha dejado de interesarme. Releo un par de correos de trabajo y abro las fotos que me envía mi padre de la paella que compartió el domingo con los amigos. Mi presente es un desierto.

Cojo la botella de vino, otra copa de cristal y las llaves. Subo a casa de Thomas sin pensarlo.

—Mírame. ¿Tengo pinta de viuda?

—*It's fucking late, Paula! Come on in...*

Su piso huele a tabaco. Le pregunto si a él le funciona bien el extractor. Se rasca la cabeza y, arrastrando las palabras, medio dormido, me pregunta a qué prefiero que conteste primero, si a la cuestión de mi aspecto o al tema del extractor. Está despeinado y no puedo contener la risa. Me gusta su pelo imposible de formalizar. Le soplo el flequillo. Musita algo que no consigo entender mientras saca de una funda un vinilo de Stevie Wonder y, con delicadeza extrema, pinza la aguja del tocadiscos y la deja caer suavemente sobre el círculo. Le alcanzo una copa de vino. Se produce el proceso de lectura del disco y la fricción nos regala el sonido de la aguja deslizándose por los surcos de la superficie. Le pregunto por qué hemos tenido que arrinconar un ruido de esta envergadura en la evolución de nuestra especie. Estamos de acuerdo en que este sonido debería guardarse en un museo. Brindamos por ello. Afligido, me cuenta lo que ya sé sobre el contrato de alquiler, que expira pronto y que no puede renovar porque el propietario tiene una hija que se casa y le regala el piso. Observamos en silencio el espacio que nos rodea. Le acaricio el hombro y le prometo que iré a visitarlo donde sea. Pasa el rato y, hartos de vino, bailamos «Part-Time Lover» sentados en el sofá. Movemos el tronco y los hombros, los brazos y las manos, pero estamos exhaustos y somos incapaces de levantarnos. Traza aros con el humo y yo los rompo con los dedos al ritmo de la música. Tiene los ojos rojos. Sé que aguanta por mí.

Somos dos adultos que, como tantos otros, hemos quedado fuera de los circuitos familiares, fuera de las maternidades, de las paternidades, de las parejas. Dos adultos que viven sin estar íntimamente comprometidos con otro ser humano. Somos libres, o quizá somos prisioneros de nuestra libertad. Sé que la mujer rubia de los pantalones de cuero duerme aquí algunas noches, solo algunas. Es Thomas quien elige cuándo tener compañía y cuándo seguir como un alma solitaria dentro de la gran ciudad. ¿Es lo que haré yo a partir de ahora? ¿Es lo que habría hecho si Mauro aún siguiera vivo? Thomas ha elegido estar solo; yo, en cambio, que no quería renunciar a la soledad, tropecé de repente con alguien que lo llenó todo, difuminó la individualidad con la que me había estado levantando cada mañana, y aprendí a adaptarme a mi propia contradicción. Se comparte un beso, un rincón privado, una confidencia, un piso, y se acaba compartiendo toda una vida. Hasta aquí todo está en nuestras manos, en mayor o menor medida tenemos el control de la inercia hasta que el azar hace de las suyas y deja a su paso apenas unos recuerdos desfigurados y la impotencia de no poder volver atrás ni seguir hacia delante. Mi soledad no puede ser como la de Thomas porque de mí se espera un cambio, chapa y pintura sobre el zarpazo con que la vida me ha acanalado la espalda.

Me quiero esconder aquí, con el peso del vino en los párpados, donde todo está velado por el gris blanquecino del tabaco de un amigo solitario que me anima a escuchar un vinilo tras otro de música de los ochenta.

Quiero quedarme con Thomas, que me acaricia el pelo y me confiesa que tiene sueño, que mañana tiene que madrugar y que, si lo deseo, puedo dormir en el sofá.

Se lo pido una vez más con ojos suplicantes y me cuenta de nuevo la historia que tanto me gusta, la de cómo lo dejó todo en Nueva York y aterrizó en esta ciudad con los bolsillos vacíos, atraído solamente por la lectura de una novela de Juan Marsé. Mauro adoraba esta historia. Me gusta ser yo quien la escucha ahora, y, una vez más, sospecho que quizá sea esto lo que quieren decir cuando comentan que puedes sentir a los muertos, que es dentro de uno mismo donde se puede mantener a los otros vivos. Thomas habla de familias escogidas, de kilómetros de distancia, de renovarse o morir. Interrumpe el relato un instante para controlar si se me cierran los ojos y me susurra: «You don't look like a widow, you just look like a beautiful zombie».

Y me duermo aquí, sonriendo, en un sofá de color canela, bajo una manta de pulcritud incierta. Me duermo profundamente, un par de horas, quizá, hasta que me despierta el sonido de la lluvia en la calle. Miro los edificios, casi todos con las ventanas negras, solo un par de ellas débilmente iluminadas. Estar solo debe de ser esto. Me asusta sentirme bien con la soledad porque revela el deseo que tenía antes de conocer a Mauro, revela que puedo salir de esta. Sentirse solo genera una emoción diferente, una invitación a la vitalidad y a la resistencia. «El mundo es de los valientes», le digo a la cobarde reflejada en el cristal. Regreso a casa dispuesta a aprovechar la complicidad inesperada de este descubrimiento. Me quito el anillo del dedo y lo guardo en la caja. Ahora ya para siempre.

11

Eric revisa el cráneo de Mahavir y también toda la parte visceral del bebé, que ocupa poco más de la mitad de su palma adulta. Manipula al niño muy lentamente, y lo toca con extrema delicadeza. No le quito ojo. Hemos realizado cuatro sesiones y aún no le he confesado que reconozco que la distensión abdominal ha mejorado y que los días en los que él lo trata Mahavir se queda como una balsa de aceite. Pero el osteópata de tórax prominente quiere ir más allá de los cólicos y me explica que todavía necesita explorar los mecanismos potenciales a través de los que la estimulación de la piel puede aportar efectos beneficiosos, tanto fisiológicos como psicológicos. Advierto que me cuesta sostenerle la mirada y necesito arreglarme el pelo a menudo o acercarme la mano a la nuca, como si no prestara mucha atención. Mientras él pronuncia «impacto positivo», yo me rasco una parcela de piel detrás de la oreja que en realidad no me pica en absoluto. Pierdo un poco el control cuando le observo meditabundo con las manos dentro de la incubadora y tratando a Mahavir como si se le fuera a desintegrar de un momento a otro entre los dedos. La intensidad con la que trabaja me conmueve, siento algo parecido a la envidia. Lleva unas pulseras viejas y desgastadas, de cuerda, de cuero, de hombre de treinta años del Athletic de Bilbao con un abuelo paterno vasco que sigue vivo todavía, en Getxo. Él nació en Barcelona, pero recuerda la liga del 82-83 sobre los hombros de su abuelo, aplaudiendo a los jugadores desde la ría. Lo dice con una caída de ojos que lo hace vulnerable, aferrado aún al vínculo de un abuelo y de un equipo de fútbol. Viajará a Marruecos estas Navidades con cuatro amigos. No reservan hoteles y van un poco a la aventura, con mochila, dice. «Dejadme ir con vosotros», pienso con desesperación, pero me limito a echar un vistazo al monitor. No lleva alianza. Tiene la piel bronceada a pesar de la proximidad del invierno y el pelo se le ondula un poco sobre la nuca como si fuese todavía un niño. Lo envuelve un halo de triunfo, de criatura consentida a la que le irá muy bien en la vida, de alguien predispuesto a cumplir metas y a quien padre y madre han hecho creer que es el mejor desde el parvulario, con esa mezcla de ternura y disciplina que se da raras veces. Dentro de unas horas sabré que practica remo en el Canal Olímpico, y él llenará el espacio que separa nuestros rostros hasta reducirlo con palabras como «babor» y «estribor». Olerá a chicle de menta para intentar tapar el olor a tabaco, pero eso será más tarde. Ahora manipula a Mahavir dentro de la incubadora en silencio, hasta que se da la vuelta y busca de nuevo mis ojos.

—¿Crees que hoy sí podría trabajar la zona del diafragma? Está muy tenso a causa del llanto continuado y creo que podría relajarlo. Ya sé que me has dicho no muchas veces y...

—Adelante —le digo con una dosis de simpatía esporádica.

Me mira atónito y sonríe agradecido, y yo me aclaro la garganta. Me rasco una vez más detrás de la oreja, donde no me pica nada, y finalmente escondo las manos nerviosas en los bolsillos de la bata, y ya no volvemos a cruzar palabra.

El día ha empezado a desvanecerse. Una neblina cubre los parterres de la entrada del hospital con una luz azulada. Cuando me dispongo a subir al coche veo al osteópata cerca de la salida del aparcamiento. Intenta encender un cigarrillo mientras se protege del viento ahuecando una mano alrededor del mechero, la cara inclinada, los ojos entrecerrados por el calor de la llama. Pienso en mi cocina vacía y pulcra, en la comida desaborida, en el rumor de la nevera. Recuerdo a la Bailarina y especulo sobre cómo debió de ser el primer paso para acercarse a Mauro. Cierro el coche y me acerco al osteópata sin saber muy bien a qué voy. Solo pretendo sentir la misma osadía que ella sintió en su día.

—Eh, Eric. Te he visto aquí…, desde allí. —Me giro para señalar el coche y no puedo creer la ridiculez del gesto y la frase. No parece importarle—. ¿Quieres que te lleve?

—No, tranquila. Voy en moto. Pero gracias de todas formas.

—Por cierto, si acaso ya lo comentaremos en la próxima sesión, pero quería avanzarte que, aunque muy leves, he observado mejoras en Mahavir.

La mirada se le ilumina. Suelta el humo girando un poco la cara y torciendo los labios hacia la izquierda sin dejar de inspeccionarme con ilusión. Le doy cuatro pinceladas sobre los cambios en las constantes del niño.

—¡Hombre! Ahora sí que me haces feliz.

Me habla de un estudio hecho con chimpancés separados de la madre por una pantalla transparente, que vendría a ser una situación similar a la de la incubadora.

—Los chimpancés podían ver, oír y oler a la madre, pero no la podían tocar. —Se retira una brizna de tabaco de la punta de la lengua con el meñique—. El estudio informó de una activación crónica del eje HPA y solo cuando se introdujeron las relaciones de contacto físico con otras crías —hace una pausa para soltar el humo de nuevo— los que habían sido separados de la madre por la pantalla empezaron a desarrollarse con normalidad.

No menciono que he leído ese estudio varias veces, dejo que crea que me impresionan sus conocimientos. Imagino la pantalla transparente y oigo los chillidos agudos de las crías inquietas buscando inútilmente el contacto con la madre. Mírala, huélela, escúchala, pero no la toques. No te abrazará. La crueldad de la transparencia. De repente, la imagen se me hace insoportable. Lo agarro del brazo y le pregunto si tiene plan, es decir, si vamos a celebrar esto de Mahavir o si hacemos algo.

Se ríe casi sin hacer ruido y se le amplía el halo cándido, como si no tuviese prisa y no le sorprendiese nada mi reacción. Lo veo más joven si cabe y por primera vez espero de él una orden, que tome una decisión, que se inviertan los roles. Aplasta lo que queda del cigarrillo contra una barandilla de hierro forjado y se aleja de mí unos pasos para tirarlo a una papelera. En esa distancia se diseña el final que pondremos a la noche.

—¿Adónde te apetece ir?

Será entonces cuando se meterá un chicle de menta en la boca y yo me acercaré muerta de vergüenza para susurrarle al oído que no lo sé pero que tengo frío. Seguir una moto hasta Sants y encontrar aparcamiento a la primera. Subir las escaleras torcidas, beber una cerveza de lata en un piso donde no he estado nunca antes. Hay un acuario iluminado con un fluorescente y un remo que cuelga de la pared, y una librería con muy pocos libros y con cosas pequeñas colocadas con afán: dados, canicas, trofeos, un cubo de Rubik y una foto de la graduación.

—No esperaba visitas, perdona el desorden.

Teclea algo en el móvil y enseguida imagino un holograma de los cuatro amigos riéndose del comentario de Eric sobre lo de haberse llevado a casa a una mujer madura. «Define "madura"», le dirán risueños. «No sé, cuarenta y pocos», y seguro que con un par de emoticonos me convertirán en la anécdota del año, y en la cima de una duna, cuando hayan cruzado el Atlas, querrán saber si la experiencia es un plus y él los enviará a tomar viento mientras coge un puñado de arena fina y fría en la madrugada del desierto y se lo arroja entre gritos y carcajadas de hombres repletos de grumos adolescentes. Antes de que la sombra siga guiándome por el camino de la autodestrucción, me quito los tejanos, el jersey de cuello alto, una camiseta de tirantes, los calcetines y la ropa interior. Se me eriza toda la piel. Esta mañana, cuando me he vestido con la ropa que ahora está esparcida por el suelo, queda lejana como si fuese otro día que no puede ser el mismo que este de ahora.

—Explícame lo del efecto terapéutico del tacto.

Me mira con ojos atentos y se ríe cohibido porque ignora que se lo pido de corazón, y entonces todo se torna una maraña de carne y piel y lenguas y no nos marchamos en ningún momento de este comedor pequeño y lo hacemos en el sofá, donde seguro que cena sushi comprado en un restaurante chino y donde debe pasar horas jugueteando con el móvil. Se mueve demasiado deprisa y el sofá es demasiado estrecho, pero sirve, me digo que sí, que como estímulo sirve, Paula. «Que te ha querido, aunque solo sea por este revolcón.» Lo toco para asegurarme de que está allí, porque no siento nada. Lo agarro de las nalgas, le pongo las manos con fuerza en los hombros, su respiración se ha acelerado, y emite ahora un gimoteo breve y ahogado. Nada de nada. Es humo de menta y ceniza. Se corre al cabo de pocos minutos y deja caer la cabeza pesada sobre mis pechos, y en aquella distancia de antes en el aparcamiento, en aquel espacio comprendido entre donde me encontraba yo y la papelera, ya se había acordado que ahora no habría muestras de afecto, que en este peso de la cabeza contra mi cuerpo ya se manifestaría su inocencia y mi culpa; ya se había acordado que yo imaginaría que Mauro estaba vivo y que había podido presenciar toda la escena y que lo miraría entonces con aires de venganza, absolutamente sola y vacía. En aquella distancia ya se había acordado que yo ansiaría regresar a casa y que esta noche soñaría con las crías de chimpancé alargando las pequeñas manos contra la pantalla transparente, chillando de soledad por no poder tocar a la madre, histéricas por la falta de tacto, desesperadas y castigadas sin abrazo.

Te has quedado como un tema pendiente de resolver; esta es la energía, como la de aquellas listas interminables de cosas pendientes que siempre hacías y para las que nunca encontrábamos el momento, ¿te acuerdas?

- Poner orden en el archivo de fotos.
- Domiciliar el recibo del parking.
- Comprar barniz para pulir la mesa de la terraza.
- Llamar al técnico por el ruido del extractor.

En la misma lista acumulo los reproches que ya nunca te haré y los que me hago a mí misma, y debe ser normal esta presión en el corazón llena de quejas y lágrimas. Cuando odiarte no funciona y tengo muchas ganas de llorarte, me las aguanto haciendo fuerza con la musculatura del cuello, así no sucumbo a los ánimos a los que obliga la doble tragedia. Repaso toda la musculatura del cuello en voz baja hasta convertirte en una lámina fría de anatomía y, poco a poco, alejarme de ti: «esternotiroideo», «esternohioideo», «esternocleidomastoideo», lo repito una y otra vez sin detenerme, pero siempre vuelves, con la lista de cosas pendientes en la mano y las gafas puestas.

Desde la cama miro la terraza desatendida. Se han ido muriendo todas las plantas. ¿Cómo lo hacías, Mauro? No debe de bastar con regarlas. Hablabas con ellas. No lo hacías abiertamente, nunca delante de los demás. Decías que hablar con las plantas era un acto íntimo y transformador, un acto de fe para los que no creen en los milagros. Me levanto, respiro y anoto en la lista: «Aprender a hablar con las plantas».

12

Esta mañana el cielo tiene vetas coralinas. He visto salir el sol aferrada a una taza de café en el rellano que hay detrás del vestíbulo del hospital, cuando pasaban dos minutos de las ocho y cuarto. Vengo muchas mañanas si he trabajado de noche. Se está bien aquí, y a estas horas no hay nadie, aparte de algún trabajador que sale a fumar un cigarrillo. Eric sale a menudo para fumar, pero a partir de ahora seremos cautos para no coincidir fuera de la UCIN. No hemos resultado ser unos amantes dignos de elogio. No hay arrepentimiento ni deseo de repetir. No hay nada, en realidad. Evitamos mirarnos y nos focalizamos en acabar el estudio, nos centramos en el poder de unas manos que han sido capaces de introducir cambios positivos en los pacientes, pero que temblaron temerosas sobre mis pechos y entre mis muslos. Soy un sismo que asusta. Será fácil olvidarnos.

Desde aquí se ve toda Barcelona, de este a oeste, y la primera luz del día tiñe los edificios de color de plata. Desde aquí los ruidos de la gran ciudad se apiñan en un solo zumbido que a veces me invita a distanciarme del hospital, pero no me quiero ir aún. Tengo una llamada perdida en el móvil. «Madre Mauro.» El móvil me lo indica poniendo un número uno de color rojo sobre el icono del teléfono. Desde hace un buen rato no pienso en otra cosa. El rojo es fácil de ver y en la naturaleza representa un color de aviso, alerta o peligro. La sangre en las mandíbulas de las leonas que han cazado ferozmente para sus cachorros. Si me marcho del hospital, me veré obligada a devolver la llamada inmediatamente; si me quedo un poco más, demoro el dolor de estómago y me doy margen para imaginar algunas posibilidades. Lo primero que me viene a la cabeza es que haya muerto alguien más de la familia, a lo mejor la hermana de un cáncer de ovarios, o un abuelo de un ataque al corazón. La repetición del horror es algo de lo que no consigo librarme. Intento mantener la calma, pero, aun así, decido alargar mi estancia aquí un poco más.

Esta madrugada hemos asistido un parto complicado. Hipoxia severa. Mantendremos al recién nacido con hipotermia moderada y monitorizado unos días. Quiero echarle una última ojeada antes de ir a casa. «Buena excusa», me digo. No me toca a mí hablarlo con los padres, pero no consigo quitármelos de la cabeza. Ayer, cuando pasé por la habitación antes del parto, la madre me enseñó unos pendientes diminutos con forma de flor. Tenía la mirada llena de esperanza y ternura. Unas horas más tarde, en la mirada solo le quedaba estupefacción. Me pregunto cómo casan dos conceptos tan dispares como el de flor de oro blanco y brillante en el centro y el de encefalopatía hipóxico-isquémica grave. La vida es así, un día te muestra el cielo salpicado de rosa y al otro ya es negra noche.

—Vete a casa, Paula. Se te ve cansada. —Teresa, la médica adjunta responsable del seguimiento de la niña, me examina el rostro médicamente. Deformación profesional, aquí nos cuidamos todos así—. He hablado con los padres, la niña está estable. Vete tranquila.

—Muy bien. Me cambio y me voy. Que os sea leve.

—Y duerme un poco, ¿me oyes? ¡Ah, por cierto! —dice sin dejar de andar—. Te apuntas a la cena del jueves, ¿verdad?

Cena. Jueves. Retengo el dato en la cabeza, y cuando Teresa dobla por el pasillo haciendo saltar su cola de caballo, despreocupada, entro en la UCIN a hurtadillas.

La niña duerme sin pendientes, los lóbulos pequeñísimos e intactos como dos lentejas pardinas tendrán que esperar. Va engalanada con otras joyas preciosas: los adhesivos pegados al pecho, las bombas de infusión y el electrodo con luz roja en el pie. El número uno rojo me viene a la cabeza. Tendré que llamar. Le han puesto Alberta. El padre me explica que su bisabuela también se llamaba así. No esperaba encontrármelo aquí. Cada vez que me mira noto cómo me suplica con los ojos ojerosos que le diga que todas las posibles secuelas que ya les debe de haber explicado Teresa no afectarán a la niña. Evito el contacto ocular porque me siento muy cansada y no me veo capaz de dar los ánimos que necesita alguien a quien acaban de trastocar el futuro. Me incomoda que no se aparte ni un segundo de la incubadora y no me deje concentrarme. Disimulo revisando el respirador y le digo que todo está en orden. Me adentro hasta donde se encuentra Mahavir.

—Hola, príncipe —susurro pegada al cristal.

Está despierto. Estira los dedos de ambas manos con pequeños espasmos y hace una mueca de las suyas. Reviso las hojas de control. Hace solo una hora y media que he terminado la guardia y ya le han tenido que poner otra vez el CPAP. Resoplo.

—No me hagas esto, cariño. Habíamos quedado en que íbamos a por todas, ¿no?

Vuelvo a cubrir la incubadora con la manta que lo protege de la luz y, contrariada, me escabullo por la puerta por la que he entrado hace solo un momento. Me doy de bruces con Pili.

—¿Qué haces tú aquí? ¿No has trabajado esta noche?

—Eh, Pili…, ¡qué susto! Ya me iba. Escucha, me gustaría hacer una ecocardiografía a Mahavir esta misma semana. Quiero descartar una vez más hipertensión pulmonar.

—A ver, la ecocardio no es urgente, ¿verdad? Además, no me la pidas si antes no lo habéis decidido entre todos, que luego me volvéis loca con las peticiones. Ay, Paula, de verdad. Ve a pasear un rato o a desayunar frente al mar, anda, que te dé un poco el aire, hija mía. Sal un poco de este hospital.

Se mete las rechonchas manos en los bolsillos de la bata y me dedica una mirada entre compasiva y de reproche. Me sonrojo. No sabía que se me notaba tanto. No sé dónde dejarme caer. Nadie me espera.

Le diría un montón de cosas a Pili, que si tiene cinco minutos, que si quiere sentarse conmigo un momento en los bancos de la entrada, que sigo fastidiada, que si cree que la previsión a corto, medio y largo plazo fuera de las paredes de este hospital siempre será de tedio absoluto. Que si piensa que soy una mujer aburrida. Que si cree que ya se me ven demasiado las canas que me han empezado a salir sin piedad. Que si sabe qué querrá la madre de Mauro, que si podría llamarla ella por mí, que si me puede dar un abrazo. Pero me limito a preguntarle por la cena.

—¿Vendrás el jueves a la cena?

Fuerzo una sonrisa para cortar en seco su riña.

—No lo sé. Estoy mayor para vuestras movidas. Además, siempre me liais y acabo yo sola cantando en el karaoke.

—Si tú no vas, yo tampoco. —Le guiño el ojo y la dejo farfullando algo mientras se lava las manos antes de entrar en la unidad.

Pienso en la última cena con los compañeros de trabajo y no puedo evitar reírme. Estoy sola frente a la taquilla cambiándome y los recuerdo bailando sobre la barra del bar del tío de Vanesa. Cuanto más intento contener la risa, más difícil me resulta aguantármela. Hicimos subir a Pili. Me giro. No hay nadie aquí, y riéndome sola a carcajadas me siento la persona más estúpida del mundo. ¿Quién se ríe estando tan solo? Imagino una risa enlatada como la de los programas televisivos que tienen como misión provocar la risa del espectador por contagio. Una risa que se ríe de mí. Cierro la taquilla y niego con la cabeza. No tengo motivos para reírme, pero diría que tengo derecho a hacerlo. ¿Y si resulta que estoy enloqueciendo? Después de los atentados del 11-S, en Nueva York reinaba el sentimiento de que la comedia había muerto y no iban a ser capaces de reír nunca más. Los cómicos estaban desconcertados, los clubes de comedia cerraban y nadie sabía cuándo volverían a abrir. Los presentadores de los programas de entretenimiento dejaron literalmente de contar chistes y la sensación generalizada era de que nada volvería a ser igual. Pero con el paso del tiempo incluso se contaban chistes sobre el 11-S, así que poco a poco la tragedia entró a formar parte de la diversión, un simple mecanismo de defensa contra el horror, un miserable intento de sobrevivir.

Me río con el recuerdo borroso de la misma noche, del dueto que hicimos Marta y yo en el karaoke, y comprendo que existe una línea ultrafina que separa esta risa del dolor, la comedia de la tragedia, la semipaz de ahora de la posible guerra que vendrá después de la llamada. «Madre Mauro.» El número uno bien rojo, como un corazón a punto de estallar. Marco y espero. Mejor hacerlo desde aquí. El hospital me sirve de escudo para lo que pueda pasar.

Las primeras palabras que pronuncia son: «Pauli, guapa, qué bien que hayas llamado». Ahora deduzco que nadie ha muerto por la ridiculez de mi nombre y por esa a que alza y que no deja caer hacia el infierno; el corazón hace de las suyas y reanuda el aleteo auricular intermitente. Actividad eléctrica del corazón. Si me tocan ahora, derramo electricidad. Quería saber cómo estoy, la madre de Mauro sigue hablando al otro lado del teléfono; que cómo lo llevo, que ellos están destrozados. Estas fechas que vienen, guapa, ya sabes. «Mmm...» es lo máximo que consigo pronunciar entre frase y frase. A lo largo de los años, las pocas veces que hemos hablado por teléfono me he imaginado una combinación mitológica de torso de mujer y cabeza de periquito verde, medio *Melopsittacus undulatus* pero con los pechos prominentes y las piernas oblicuas, los talones separados y las rodillas casi tocándose. Del pico le mana tragedia y de repente inicia un llanto que no sé cómo frenar.

—Escucha... —le digo adoptando una actitud protectora hacia ella—. Va, Rosa, no llores, por favor. Mauro no querría verte así, ¿me oyes?

Se me ocurre de repente que durante estos meses debo de haber estado repitiéndome algo similar a mí misma, que quizá esa sea la razón por la que no lloro, pero el pensamiento tiene más sabor de hipótesis que de revelación. Los sonidos nasales de la madre de Mauro se multiplican por diez a través de la carcasa del teléfono, el llanto se deshace en una tempestad de piedras dentro del auricular, y lo alejo de la oreja para no lastimarme. Se calma, se disculpa, coge aire y después me lo suelta:

—Hemos pensado que nos gustaría mucho que vinieses a casa un rato el día de Navidad.

Veo la frase larga escrita con tiza sobre el verde de la pizarra y yo de espaldas luchando por determinar la estructura, los componentes y las funciones. Las letras nunca han sido mi fuerte. Es un algoritmo por descodificar, una trampa. Me he perdido y ni tan siquiera sé quién forma el sujeto de un predicado que seguro que no existirá. Cierro los ojos y me siento en el suelo. No recupero la capacidad de habla, así que ella continúa con aquellas emisiones canoras de sonidos característicos, que varían de intensidad y potencia. Igual que los periquitos, el tono se vuelve más intenso y excitado, ensordecedor cuando se sienten en peligro. Sabe que tiene todos los puntos para recibir un no por respuesta. ¿Por qué exponerse tanto?

—Rosa, mira, es que voy a estar fuera de Barcelona y acabaremos tarde y no os quiero incordiar.

Que me esperarán, dice, que es fiesta y no tendrán prisa, que tiene ganas de verme, repite, y que quiere darme algunas cosas que al parecer ella guardaba por si nos casábamos algún día. Y que además, guapa, te tenemos que contar algo: que mi marido ha hecho unas gestiones y aunque no hay testamento sí que hay una pequeña herencia, y como no hay descendientes y nosotros no haremos nada con ese dinero, heredas tú, que ya te diremos el día que hay que ir a la notaría.

—¿A la notaría? —pregunto sin aire.

—Sí, guapa, tienes que firmar una declaración de herencia. Serás la heredera.

Se me para el corazón. Me siento abatida, rendida, y ella no se calla. Unas colchas de una abuela que hacía encajes de bolillos, unas copas de cristal de Bohemia y una cantidad de dinero que Mauro había ahorrado. Hiperventilo. Me muerdo las mejillas. No tiene ningún sentido. Otro nombre, «heredera», un nombre que me enfada mucho con ella. No tiene ningún derecho a llamarme así, nunca respetó mis deseos, nunca escuchó lo que para mí era tan difícil de hacer: hablarles en un lenguaje casi infantil para dejar claro que no habría boda cuando durante las comidas de los domingos me ponía entre las cuerdas si nos quedábamos a solas en la cocina, o delante de todo el mundo mientras cortaba el roscón. «Os tendríais que casar, guapa», volvía a la carga, y a medida que el cuchillo se abría camino entre el hojaldre, insistía: «Que se te va a pasar el arroz». Me descosía la herida y hacía manar la nata como mi arrepentimiento de encontrarme allí, rodeada de un ambiente que nunca había pedido y de un concepto de familia tradicional que yo no deseaba ni comprendía. Me alivia saber que la actitud invasiva de la madre de Mauro fue una aliada de nuestra derrota; no todo debió de ser culpa mía. No sé cómo, consigo un poco de aire, el suficiente para articular palabras que deberían ser severas.

—No quiero esa herencia que dices, Rosa. No hará falta firmar nada. Y escucha, lo siento mucho, de verdad, pero el día de Navidad…, que no, que no voy a ir.

Piedras en la oreja de nuevo, se suena la nariz, se oye algo parecido a «Lo sabía, sabía que no querrías». Clic. Me ha colgado. ¡Me ha colgado el teléfono! Estoy a punto de devolverle la llamada, ofuscada, para decirle que no hace falta que nos enfademos, pero me acuerdo de la colcha. «Unas colchas —ha dicho— y copas de

cristal.» Me detengo. «No la llames, Paula.» «Por si algún día os ca-
sabais.» Hace años que intento librarme de sus caprichos y no conseguirlo ni tan siquiera ahora que su hijo se encuentra a una distancia eterna me parece un castigo que no merezco.

Sentada en el suelo, veo el polvo que hay debajo de las taquillas.
Pelusas grises como madejas de un día desapacible. El jueves iré a
la cena y me reiré. Los escombros de la vida los esconde una donde puede.

Dice Marita, con su acento colombiano costanero que debilita las eses: «A veces, cuando plancho en el dormitorio, noto la presencia del señor Mauro». Hoy se ha presentado con una carta de la Seguridad Social en las manos. No sé por qué lleva las uñas tan mal pintadas con ese rosa fucsia. Si no se las pintase, podría llevarlas tan dejadas como le saliese de su carácter malcarado, pero la cuestión es que se las pinta, y en vez de quitarse el esmalte cuando se le estropea, va dejando que se le resquebraje y se le degrade para mostrarme toda su miseria. La tenías contratada tú a tu nombre, Mauro. Se tiene que hacer el cambio. Dice: «Me da cosa ver el nombre del señor en las cartas», y: «A los muertos es mejor liberarlos de los asuntos terrenales». Sigue llamándote «señor», y sabes tan bien como yo que nunca dejará de hacerlo. Ya me he cansado de decirle que no nos gusta, que nos incomoda. Ahora lo paso a singular, le digo que no me gusta, que me incomoda, pero ella sigue igual, como con lo de las uñas, con esa necesidad de hacerme sentir mal y de marcar clases y distancias. ¿Qué hago ahora, Mauro? Sin tus camisas, tus comidas, tus manías de orden y de pulcritud, Marita es un gasto innecesario, y ya sabes cómo me molesta si estoy en casa. No se calla. No entiendo esta historia que siempre cuenta de un hombre a quien ama y que la espera en Tubará, en un campo de yuca, mientras ella limpia todas las horas del día para alimentar a esos hijos que le salen de debajo de las piedras. Un día me echaste en cara que la trataba con menosprecio, que Marita tenía una vida de novela, con un amor de novela. Es ella la que me menosprecia a mí, créeme. A ti, en cambio, te adoraba, y aún te adora. ¿Querías decirme algo con eso de «un amor de novela»? ¿Que quizá el nuestro no lo era? ¿Cuándo dejé de escucharte, de prestarte atención?

Al principio ella me dejaba las notas que tanto te gustaban. «Falta limpiacristales, detergente y lejía. El viernes haré los cristales si no llueve, pero su padre ha llamado y dice que vienen tormentas.» Pero rozo la transparencia, prácticamente vivo en el hospital, aquí duermo, transito casi sin tocar el suelo, no ensucio, no consumo. Estoy bien provista de productos de limpieza, me salen por las orejas. Todo está quieto, Mauro, o quizá soy yo que no me atrevo a mover ni un dedo. Cincuenta gramos de judía verde no ensucian y se han convertido en la medida de lo que pesa la emoción en mi día a día.

—¿Usted no lo nota? Justo ahí, junto a la ropa del armario. Quédese tranquila porque él cuida de usted.

Podría pegarle, Mauro. La haría callar a golpes de zapatilla. ¿Le explico que ya no eras mío? ¿A la Bailarina la relacionan contigo y le endosan el peso de tu ausencia al lado de su armario? Pero no le pegaría por eso. Le pegaría hasta que me asegurase al cien por cien que te siente y te nota, porque estoy segura de que lo hace y de que no me toma el pelo. Yo no siento nada. No te siento, ni te noto. Me gustaría echarla. No la necesito más, ¿es que no lo ves? Y ahora viene con las uñas hechas un asco y me dice con los ojos húmedos que te nota al lado de nuestro armario, y sé seguro que haré el cambio de nombre, y, de paso, le haré un contrato indefinido, porque mientras ella te sienta de algún modo me esforzaré por sentirte yo también.

13

Novedad número uno de esta Navidad extraña: la pasaremos en la Selva de Mar. La idea de hacer kilómetros y más kilómetros por una autopista desierta y llegar a un pueblo de veraneo el día de Navidad me ha hecho merodear por casa toda la mañana, alargar el café y mirar el fondo de la taza como si de él esperara el permiso para quedarme aquí escondida y evitar a la familia de mi padre.

La Navidad ya está aquí, sin tregua. Se trata de fingir que todo va bien, que no falta nadie a la mesa, y esperar a que acabe la fiesta, darle la importancia justa de un día más en el calendario.

De pequeña me quedaba embelesada observando a las familias normales en la playa, las familias completas. Estudiaba la espontaneidad familiar, los movimientos del grupo, cómo hablaban entre ellos, como discutían, toda una comunicación verbal y no verbal con la que se entendían y actuaban y que en casa nos faltaba. Yo no tenía aquella experiencia de familia. Me entusiasmaba el jaleo que podían llegar a armar los miembros de una misma tribu untada con crema solar, bajo el rumor inconfundible de los chillidos pueriles abrigados por el son del oleaje y las gaviotas. Al lado de mi toalla, la de mi padre, impoluta, con *La Vanguardia,* el paquete de Marlboro, la libreta con doce pentagramas y la estilográfica que no me dejaba ni oler. Íbamos a la playa en un Seat Panda recién estrenado, el objeto de deseo del ciudadano medio que veía en el pequeño automóvil la materialización del sueño de moverse con total libertad. Recuerdo la cara de satisfacción de papá mientras conducía y mi incapacidad de entablar una conversación desde el asiento de atrás. En nuestra caída libre, temas como la música que componía para los anuncios, las noticias del periódico y cómo me había ido el día en la escuela se transformaban en la red de una rutina a la que ya nos habíamos acostumbrado, pero cuando rompíamos el día a día, cuando teníamos espacios en blanco y de ocio, veranos, Navidades, Semanas Santas, lo que se levantaba entre nosotros era un muro hecho de la ausencia de mamá.

En la playa lo llamaba desde el agua para que viniese a jugar conmigo, a buscar cangrejos en las rocas y a coger coquinas y conchas, pero entonces a él le daba apuro dejar las cosas solas en la arena y me pedía que nos bañásemos por turnos. Yo le llevaba todas las conchas que encontraba con agujero y le pedía que me hiciera un collar como los que solíamos hacer con mamá. Cabe decir que él lo intentaba, pero yo notaba cómo se le oscurecía la mirada mientras se peleaba con el hilo de pescar, así que pronto dejé de pedirle collares en la playa. Iba arrinconando poco a poco los deseos, la normalidad. Se acababan los collares, se desdibujaba la niña y con ella la madre. A veces mis tías venían a pasar el día en la playa y sin discreción alguna comentaban que aquellos dos botones ya insinuaban los pechos. Mis tías y aquellas conversaciones no aprendidas me parecían de otro planeta, me hacían saltar, arisca y altiva, y alejarme de ellas tanto como podía. Me percataba de que había una vida paralela a la que mi padre y yo llevábamos, que el corazón del mundo tenía un latido que no se asemejaba mucho a nuestro aislamiento. Mi relación con él era diferente de la de mis amigas con sus padres. Nadie tenía un padre compositor. Los otros padres eran banqueros, electricistas, comerciales, profesores de secundaria; pero no era eso lo que nos hacía atípicos, sino el agujero inexplorado que había entre nosotros, la incapacidad de no saber guardar a mamá en el lugar que le correspondía. Cuando se es pequeño se perciben muchas cosas, pero el ímpetu para cambiarlas es demasiado débil.

Nos hemos hecho mayores, y en la casa de un pueblo que mira al mar las hermanas de mi padre intentan recordar si el relleno del pollo que comieron anoche en casa de unos amigos comunes llevaba orejones o no, y mis tíos tienen todas las esperanzas puestas en el partido de vuelta para ganar la liga. Observo a mis primas, Anna y Beth, con criaturas rollizas en los brazos, inmersas en una de esas conversaciones excluyentes que todas las madres primerizas necesitan tener con otras madres, convencidas como están de que son las primeras en experimentar un aspecto concreto de la maternidad, mientras sus maridos beben abstraídos y procuran ponerse de acuerdo en los gustos musicales. Sentada a mi izquierda tengo a la nueva pareja de mi primo Toni, que se ha presentado sin avisar, una tal Glòria, que hace un curso de reflexología que el ayuntamiento subvenciona, según dice, para personas que están en el paro. Glòria lleva mechas de color púrpura en el pelo y se las va enredando con los dedos mientras me explica que los cherokees siempre han dado una gran importancia a los pies.

—Para todo, para mantener el equilibrio físico, mental y espiritual. O sea, el masaje forma parte de una ceremonia sagrada porque creen que los pies son nuestro punto de contacto con la tierra y con las energías que fluyen a través de ella —me cuenta enarcando mucho las cejas—. El tema es que a través de los pies el espíritu está vinculado con el universo.

Me pica un poco todo. El verbo «fluir» siempre me ha provocado urticaria, y no tengo a Mauro cerca para darle un pellizco en el muslo y pedirle que me saque de aquí.

No hay nada más deprimente que alterar el curso natural de las cosas. Este pueblo igual a verano. La casa de mi padre igual a sandalias. El parasol arrinconado, la hamaca colmada de hojas secas y los radiadores encendidos en una casa construida para abrir su gran cristalera y dejar entrar el cielo y el sol. Nada cuadra estas Navidades, todo está fuera de lugar, desgarbado, incómodo y apagado. Papá cree que celebrando la Navidad aquí vamos a romper un poco con lo que siempre hemos hecho en Barcelona y de esta forma quizá, dice, consigamos olvidarnos de que Mauro ya no está entre nosotros. Por lo menos, él ha sido capaz de verbalizarlo. Creo que se lo agradezco. La realidad así no pesa tanto.

—Toni me ha contado lo tuyo —me dice Glòria en voz baja mientras los demás hablan cada vez más alto—. Te acompaño en el sentimiento.

¿Hasta cuándo van a durar estos escupitajos? Ojalá fuera capaz de decirle que nos acabamos de conocer y que no deseo que me acompañe a ningún sitio. Hago un pequeño movimiento con los labios, una pseudosonrisa para salir del paso.

Cuando mi padre aparece con una cazuela de barro en las manos llena de zarzuela de pescado, lo recibimos con aplausos. El tiempo pasa entre repiques de cubiertos, carcajadas e historias que rebrotan cada año como si fuesen nuevas. De repente me doy cuenta de que estamos utilizando las servilletas de hilo con una hoja verde que mi madre bordó en una dimensión que estoy segura de que no era esta. Cuatro décadas más tarde, las servilletas están arrebujadas al lado de los platos y tocan labios nuevos, llenos de aceite, como los de Glòria, que ha acaparado la atención de todos para informarnos de que es una experta del tarot evolutivo.

—Ah, ¿es que hay más de un tarot? —pregunta mi padre mientras va sirviendo los platos.

Mi tía Rosalia, Toni y su flamante pareja se enzarzan en una discusión acalorada sobre la diferencia entre el tarot adivinatorio y el evolutivo, que la gracia está en la forma de interpretar las tiradas, que es mejor el evolutivo, les dice Glòria con voz de experta, porque puedes ayudar a la persona a romper nudos energéticos negativos.

Tiene que ser una broma, no me puedo creer que esto esté pasando de verdad. Papá se ha girado hacia mí con una sonrisa socarrona y me ha guiñado el ojo. Es su forma de decirme que aguante, que más vale reír que llorar, pero como suele pasar en estos encuentros se van quemando temas y al cabo de un rato parece que se han olvidado de las cartas y la conversación de las mujeres de la mesa se desvía hacia mi peso: que tengo mala cara, que estoy más guapa con unos kilitos de más, que si estoy demasiado delgada, que trabajando en el ámbito de la salud no puedo tener este aspecto enfermizo. Papá se acerca con la excusa de retirar los platos y llama la atención a Rosalía, le dice que no estamos pasando una época fácil, y el uso del plural, esta muestra inesperada de paternidad, me emociona hasta límites insospechados.

Cuando se restablecen las conversaciones aquí y allá, Glòria vuelve a la carga, en voz baja.

—Yo creo que incluso una sola sesión te podría ir bien. Mira, no insistiré, pero creo que tienes que saber que las personas que han perdido a su pareja están más predispuestas a comunicarse a través del tarot. Podrías comunicarte con él a través de algún mensaje que te envíe en sueños —concluye mientras se mete el tenedor en la boca.

Y entonces me levanto de la silla arrastrándola ruidosamente y consigo acaparar la atención de todo el mundo, que es lo último que pretendía hoy. Maltrato la servilleta de hilo arrojándola al suelo, furibunda.

En agosto pedí a mi padre que hiciera arreglar la cisterna del váter y veo que sigue con este goteo lento pero constante. Los oigo murmurar desde el lavabo. Desde que Mauro no está he oído estos cuchicheos muchas veces. Los puedo traducir sin dificultad. Es como estar tumbada en coma en la cama de un hospital, con todos los que te rodean hablando de ti, convencidos de que no los puedes oír. Pero lo haces, y dicen cosas sobre tu persona con una densidad tal que no hace falta percibir nítidamente las palabras, es suficiente con el tono para saber que en sus maquinaciones eres víctima y no heroína. El mal humor me engulle cuando, sentada en esta taza de váter, me azota la clarividencia de que no tengo a nadie más con quien pasar las Navidades, y sin querer me proyecto en el futuro y me veo rodeada de esta misma gente una Navidad tras otra.

Me lavo la cara, inhalo una bocanada de aire y me ordeno calmarme. Me digo que pronto acabará el día de hoy, y salgo tan dignamente como me lo permite el disgusto. Cuando regreso al comedor, cesan las voces y todos miran el plato.

—Perdonad —acierto a decir, y el repique de cubiertos vuelve y poco a poco las voces adquieren el volumen habitual.

La sobremesa pasa sin estridencias, y afortunadamente los primeros en marcharse son Toni y Glòria. Los acompañamos hasta el coche y todos vuelven adentro porque hace un frío de mil demonios, pero yo me quedo fuera un rato más, busco un punto de señal en el móvil. El recuerdo de Quim se me aparece momentáneamente como un inciso a muchos kilómetros de distancia. No ha vuelto a llamar ni a escribir. Un aire húmedo y preñado de aroma de mar y algas que viene desde el Port de la Selva insiste en colarse entre la ropa e inundar una especie de pozo que hoy parece que me ocupa entera.

Me ofrezco para cambiar los pañales de las hijas de mis primas. Son preciosas y desprenden una candidez con la que es fácil escabullirse del mundo adulto. Me llevo a las dos criaturas, repartiendo el peso sobre mis caderas. Me miran desconfiadas, con bocas redondas de labios carnosos, mientras camino canturreando. Juntas suman pocos kilos de carne tierna y olor a colonia. Las tumbo sobre la cama de mi padre, y estoy un buen rato jugueteando con sus pies rechonchos mientras miro el reloj de vez en cuando. Hoy las horas pasan lentamente. Las veo enormes comparadas con mis niños de la UCIN. Dos niñas sanas y grandes que veré crecer de una Navidad a otra. Su lenguaje hecho de sonidos me calma, como el delicado remolino que se le hace a una de ellas en la nuca. Al cabo de un rato reaparezco en el comedor con las dos niñas y las entrego a sus madres, que ya sufrían. «La maternidad debe de ser esto —me digo—, este sufrimiento constante.»

Cuando se han marchado todos, papá y yo recogemos la mesa. Yo aún me sirvo un poco de vino; podríamos decir que la Navi-

dad es ahora, es la pequeñez de este momento, limitado por el tic-
tac del reloj del comedor que resuena en el vacío de una casa que
hoy no logra entender qué pasa.

Novedad número dos de esta Navidad extraña: un padre y una
hija egoístamente protectores de su círculo pequeño e infranquea-
ble. Nadie como ellos puede comprender qué significa la exclusi-
vidad de tenerse el uno al otro. Se trata de un sentimiento nuevo,
por estrenar, y a la vez es tan remoto como cuando celebramos la
primera Navidad sin mamá.

Mi padre tararea una melodía con las cejas fruncidas, como lo
viene haciendo desde que tengo uso de razón, concentrado en colocar bien los cubiertos en el lavavajillas. Lo miro recostada contra
la puerta de la cocina mientras saboreo la copa de vino, una de las
muchas que me he tomado a lo largo del día, y por primera vez
veo a un hombre mayor, realmente mayor, quiero decir, como si
hubiera envejecido de repente, como si hubiera perdido de golpe
aquel aspecto que siempre había hecho difícil asignarle una edad
concreta. No obstante, bajo este hombre más vulnerable, intuyo al
hombre que me ha visto crecer y que, a su manera, es quien más
me quiere, lo veo borroso pero está allí, alto y todavía fuerte, con
esa nuca atractiva de donde le nace el pelo de un blanco tan puro
que parece que no pueda ser de verdad, un aspecto sano y sabio,
unas piernas largas y algo arqueadas vestidas con pana beis, cinturón de cuero y las monedas tintineando en los bolsillos pesados y
abultados, el hombre valeroso que madruga sea el día que sea, que
lee la prensa en el bar, amante de las sobremesas y los amigos de
sus amigos, que vive siempre las cuestiones meteorológicas al límite, dramatizando el anuncio de cuatro gotas de lluvia como el
diluvio universal y convirtiendo en tragedia un día de altas tem-

peraturas; el hombre enamorado eternamente del recuerdo de una mujer, que se sienta frente al piano y abre la puerta de un mundo que es suyo y de nadie más. Este es papá, y a pesar de todo ahora me recuerda a alguien joven disfrazado de viejo, las cejas blancas más pobladas, las arrugas de la frente y unas entradas en las sienes exageradamente marcadas, incluso arquea la espalda y hace unos movimientos corporales vacilantes mientras trajina trastos en la cocina. Pero cabe decir que se mueve con determinación dentro de su pequeño universo de cazuelas y cestas de mimbre, de garrafas de aceite de oliva que compra a su amigo del alma, que elabora aceite y que envasa exclusivamente bajo demanda. Estoy segura de que cada vez que se ven mi padre le dice que necesita una garrafa para contentarlo. He contado seis solo en la despensa.

—Siento mucho lo de antes, papá. He perdido los nervios.

Se da la vuelta asustado.

—No sabía que estabas aquí. No pienses más en ello, Paula. Tu primo…, bien, no me hagas hablar…, se ha buscado una mujer hecha a su medida.

Reímos los dos por lo bajo.

—Una pitonisa, justo lo que le faltaba a esta familia.

—Paula, haz el favor, ¡venga va!

Estallo en una risotada homérica, como si alguien me empujara hacia fuera todo el mal, y mi padre se me revela como un compañero perfecto para recoger los trozos de mí que necesitan ser recompuestos.

—Ya basta. Déjalos en paz. ¡Están hechos el uno para el otro!

Pasa un paño húmedo por el mármol frío de la cocina y recoge las migas y la suciedad con la mano mientras alargamos las críticas y las risas, cómplices como somos, de pronto, de la misma condición.

Las campanas de la iglesia de Sant Esteve tocan las seis. Tengo la sensación de que estamos solos en el mundo. Papá y yo. De repente, siento un escalofrío. Me acabo el vino de un trago.

—Tengo un regalo para ti —le digo con una ilusión sincera.

—Primero yo, señorita. Siéntate en el sofá, por favor.

Se seca las manos con un trapo de cocina que deja en el fregadero y camina hacia el piano mientras se baja las mangas de la camisa y del jersey y se abotona los puños apresuradamente.

Se sienta en la banqueta del viejo piano que rescató hace años del vertedero. Las teclas amarillentas y la madera antigua casan con armonía. Me mira y me indica con la mano que espere. Luego coloca una partitura en el atril y cuando ya tiene los dedos a pocos centímetros de las teclas, se detiene, coge la partitura y me la muestra.

—Ya no se llama «Bella». Le he cambiado el nombre, ¿ves?

Tengo que apretar los dientes y hacer de tripas corazón para tragarme la emoción que me invade cuando veo mi nombre impreso arriba del todo, coronando hileras de pentagramas repletos de notas que empiezan a sonar y me convierten en una melodía agridulce. Toca con los ojos cerrados, balanceando la cabeza como lo hace siempre, pisa los pedales con esos pies grandes, y de pronto el amor que siento por este hombre me aturde. Mi padre ha musicado la vida de estos últimos meses con una composición íntimamente unida a mis vaivenes emocionales. Me cohíbe un poco que el resultado sea una música minimalista y muy conmovedora, la ternura de un tema de piano que se acopla al sentimiento misericordioso con el que a menudo lo he sorprendido mirándome cuando comemos, cuando quedamos para tomar un café. Hay una armonía que cierra la pieza en la que ha querido poner esperanza, pero pienso que, en el fondo, las notas también hablan de todo aquello que nunca ha sido capaz de decirme.

Se hace un breve silencio cuando acaba antes de que yo empiece a aplaudir y me levante para abrazarlo. Siento que me devuelve el gesto, noto cómo le cuesta revestir de ternura los brazos con los que, como si fuesen dos ramas agarrotadas, me rodea y me da unos golpecitos cortos en la espalda. No nos sabemos querer físicamente, siempre hay una piedra fría que nos frena, pero entonces, de manera totalmente inesperada, se aparta un poco de mí y me sienta en su regazo. Al principio me incomoda, pero cuando consigo vencer la timidez inevitable frente a una muestra de amor tan física viniendo de él, me dejo llevar y una riada de recuerdos me transporta a la niña cándida que debí de ser antes de los siete años. Me había sentado en su regazo, lo había hecho muchas veces, y habíamos tocado juntos el piano, pero luego vinieron los silencios, cada uno dentro de su parcela, y cuando volvimos a arrancar algo se había llevado ya a las personas que éramos. Aquí, en este belén improvisado frente al piano, me doy cuenta de que preservamos para siempre una parte del niño que fuimos y que ya no recordábamos.

—Gracias por venir hoy. Sé que no ha sido fácil. —Lo dice del tirón, sin levantar la mirada del suelo, y yo no sé qué añadir—. Me gustaría decirte algo, pero no sé cómo hacerlo.

El corazón me da un vuelco. Todo el acercamiento que siempre he esperado de pronto me importuna.

—¿Y por eso la canción? —pregunto con la voz ronca.

—No, no. La canción es un regalo. Es mi regalo de Navidad. ¿Te ha gustado?

Asiento con la cabeza, apretando los labios. Y entonces hace ese gesto que hacen las personas cuando algo muy fuerte les frena la solemnidad del mensaje. Cierra los ojos y me coge las manos con las suyas.

—Lo que te quería decir…, te quería decir que… A ver. Yo necesito saber que estás bien.

—Estoy bien, papá —me apresuro a decir, muerta de vergüenza.

—Paula. —Me alza la cara hacia la suya—. He pasado por lo mismo que estás pasando tú ahora.

—No es exactamente lo mismo, papá.

Me mira sorprendido. Advierte en mi tono un dejo hosco que no esperaba. No necesito que me lleve al sentimiento de desesperación con el que él se envolvió cuando murió mamá y en el que me retuvo, pegada a él como a una espectadora, un insecto de siete años atrapado en la hoja pilosa de una planta carnívora. Ellos formaban un matrimonio bien avenido. Tenían una hija, un proyecto común que miraba hacia el futuro y que hasta cierto punto justificaba aquella ansiedad silenciosa a la que nos sometimos sin mamá. Necesito decirle que a mí se me ha muerto alguien que ya no me requería, que no hay estatus *post mortem* para quien queda vivo en estas condiciones. Tengo que puntualizar que la intención es levantar la cabeza, en ningún caso convertir la muerte de Mauro en mi doctrina, tal como hizo él con la muerte de mamá.

—Pero sé cómo te sientes, Paula.

—No, no lo sabes —insisto.

—Te quería mucho. Os queríais mucho.

Hace un ruido nasal mientras recopila el valor que merecen algunos recuerdos.

—Además… —cambio de tema e invierto los papeles con una insinuación—, tú estuviste al lado de mamá hasta el último segundo. Y yo ese día comí con Mauro, y, ¿sabes qué? —me mira y se encoje de hombros, como si ya nada le pudiera sorprender—, discutimos. De hecho, me dijo que...

Miro a mi alrededor, nerviosa. Él irradia la misma emoción extraviada que todos los demás, y la tentación de contarle que Mauro estaba con otra mujer adquiere la atracción de un imán. Necesito decírselo y que entienda todo el dolor, necesito restregarme contra su pecho, contra sus piernas, contra su compasión, restregarme fuerte como una gata que busca protección y afecto.

Corrijo a tiempo el pensamiento envenenado, quizá para no herir al hombre mayor que me ha sorprendido hace poco en la cocina. ¿Qué sentido tendría ahora arrebatarle aquella tentativa de yerno?

—¿Qué te dijo?

—Nada, nada importante. Discutimos y él se tenía que ir a una reunión de trabajo. No lo quise abrazar, papá. Así son las cosas.

Suspiro llena de resentimiento, pero mantengo la sonrisa como una pared maestra. Acaricia una tecla sin querer y se escapa un *la* trágico. Me toca la espalda. Me dice que no piense en eso ahora, que no sirve de nada. Nos abrazamos. Es un momento extraño. La muerte es una gran diseñadora de momentos extraños repletos de conversaciones a destiempo.

—Lo que yo quería decirte es que no te sientas mal por rehacer tu vida, por pasártelo bien a partir de ahora. Te quería decir que es eso justamente lo que debes hacer. La vida está hecha de trozos, de etapas, y Mauro solo es un trozo de tu vida. Un solo trozo con sus altibajos, pero un trozo precioso al fin y al cabo. Sea cual sea la razón por la que discutisteis, nunca será tan puñetera como la muerte, y el rencor, hija, no sirve de nada. De nada, créeme.

Y cuando creo que ya no estoy a tiempo de reclamar a un padre guerrero, con escudo y espada, que defienda mi dignidad y no permita que nadie humille a su hija, me desarma con un beso en la frente que llega con décadas de retraso, pero llega.

La imagen de nosotros dos es, cuando menos, curiosa. Una mujer de cuarenta y dos años, cabizbaja y con las lágrimas tan contenidas como las verdades, sentada en el regazo de un hombre de setenta y dos que hace un ejercicio de sinceridad visceral frente a un piano de aroma leñoso, cogidos de la mano, y una timidez que impregna todo el ambiente.

—Estas cosas se disuelven, no son tan excepcionales, ¿sabes? Son enormes cuando pasan, pero después encogen y se disuelven. Sigue adelante. Tienes que vivir, Paula. ¿Me lo prometes?

Novedad número tres de esta Navidad extraña: mi padre está aquí, ha estado aquí siempre y sabe cosas de mí que ni yo adivinaba. El amor es tangible, audible y valiente. El requisito para sentirlo es tan simple como estar. Se lo prometo.

Con la muerte los amigos se reparten, y a Nacho me lo quedo yo. Tendrías que verlo con los gemelos. Ha aparecido en la plaza de la Virreina que parecía el hombre orquestra, cargado hasta arriba con bolsas y trastos y con un cochecito doble no apto para las calles estrechas de Gràcia, donde Montse y él se han empeñado en vivir. Es culpa tuya que entre Nacho y yo haya habido cierta tirantez desde el día del hospital.

—Vas fuerte, ¿eh, guapa?

Ha señalado mi copa con la cabeza. Le he indicado con la mano que lo dejase estar y no hiciese preguntas. También es culpa tuya que yo beba vino a las once y media de la mañana. El vino me hace falta para armarme de valor y decirle que habría sido todo un detalle que me hubiese hecho saber que estabas con otra, pero entiendo que era tu amigo y respeto su lealtad, así que al final no le he reprochado nada. Lo cierto es que le he cogido las manos cuando ha dicho eso de que te echa de menos a todas horas. Es difícil mantener una conversación con dos criaturas moviéndose sin parar que ponen en entredicho la sobriedad de nuestro encuentro. En más de una ocasión me he quedado sola en la mesa, porque primero ha tenido que cambiar el pañal de uno y después frenar la pataleta del otro. Se meten cosas prohibidas en la boca y retuercen sus pequeños cuerpos cuando no quieren sentarse en el cochecito. Nacho sudaba la gota gorda y pedía disculpas a todo el bar. Ha sido durante una tregua que le han dado los gemelos cuando me ha dicho que la sensación de no saber nada de ti, solo que ya nunca vas a volver, lo ahoga hasta el punto de haber pedido hora con un psicólogo, y yo me he fijado en sus labios agrietados y en su porte frágil y he comprendido que si no me hubieses dejado, sin el filtro previo de saber que había alguien más en tu vida, el horror llenaría mis días de una aflicción infinita, y he notado cómo se me encogía el corazón lleno de culpa. Y de repente, entre el alboroto de los dos pequeños, el ruido de una silla que alguien arrastraba cerca, un portazo en el almacén y el silbido de la cafetera en la barra, me he oído decir que echarte tanto de menos es la prueba de que te queremos, Mauro, y de que nadie podrá ocupar el lugar que ocupabas tú en nuestras vidas.

Ya en la calle he besado a los gemelos, que no han recibido demasiado bien mis arrumacos, y después Nacho y yo nos hemos abrazado en una reacción espontánea, como si fuera algo que hubiésemos pedido los dos en silencio, y me he ido a casa con los despojos de la Navidad pisándome los talones.

14

Cuando me desperté no sabía dónde me encontraba, estaba totalmente desorientada. La guardia parecía tranquila, así que me había echado en una de las camas que quedaban vacías porque en la litera estaban Marta y Vanesa descansando un poco. Las observaba sin participar demasiado de la conversación. Casi siempre llevan el mismo peinado. El pelo largo y planchado, con un degradado similar de tonos castaños y rubios y un flequillo ladeado que deja entrever los ojos pintados en exceso. En las orejas, pendientes de perla que no difunden la luz pura que desprenden las perlas verdaderas. Marta, además, tiene varios *piercings* en el cartílago de la oreja, un tímido intento de dejar claro que es ella la que lleva las riendas de su vida. Vanesa irradia más inocencia, y a veces, a pesar de la profesionalidad que demuestran y el cariño que les tengo, me da la sensación de que están como fuera de lugar. Sé que las dos se han hartado de ver series de televisión basadas en la vida dentro de un hospital, como la mayoría de los jóvenes de su generación, y aunque no se lo he preguntado nunca, a veces me imagino que la ficción las impulsó a cursar una carrera universitaria que las ha llevado a un escenario real que tal vez no se parece tanto al que habían soñado. Aquí la sangre forma coágulos y las vidas corren peligro de verdad. Reconozco este pensamiento en los peinados idénticos, en el exceso de maquillaje, en gestos que repiten a menudo cuando hay personal médico masculino y joven alrededor.

Anestesiadas en su momento, hablaban y jugueteaban con los teléfonos haciendo gala de la última llamarada de las adolescentes que debieron de ser no puede hacer muchos años. Tenían aquella actitud recelosa de algunos jóvenes que creen que el mundo les debe todo por el mero hecho de tener que trabajar. Marta estaba enfadada porque aquella noche no le tocaba guardia; había sido improvisada, y debido a unos cambios internos de última hora habíamos acabado coincidiendo las tres sin que fuera estrictamente necesario. Mientras que a mí eso ya me parecía bien, y siempre me lo tomo como si estuviera al servicio de un propósito mucho más grande que yo misma, ella lo vivía como un castigo, porque había tenido que interrumpir sus vacaciones de Navidad. Vanesa intentaba apoyarla con aquellas cualidades de comprensión y empatía que a mí a veces me parecen empalagosas. La resignación, la impotencia y sobre todo la indiferencia llenaban la habitación donde ellas dos se expresaban como si fuesen víctimas del sistema.

Para romper el mal ambiente, intenté entablar una conversación mínima hablando primero sobre la extraña calma de aquella penúltima noche del año, y como no obtuve respuesta, les pregunté si tenían frío. Yo estaba helada y les advertí que el radiador no estaba encendido.

—Yo estoy bien, Paula —dijo Vanesa, pero Marta siguió mordisqueándose un padrastro con la mirada perdida.

Opté por encender el radiador y dejarlas en paz. Me quité la parte de arriba del uniforme para no oler a hospital y me hice un ovillo olfateando el suavizante de mi jersey. Era lo más parecido a estar acurrucada bajo las sábanas de casa. Al poco tiempo empezaron a hablar entre susurros sobre qué se pondrían para ir a la fiesta de Fin de Año a la que habían sido invitadas, y discutían si el top negro que una le había dejado a la otra quedaría bien con los pantalones que se había comprado.

Qué lejos me quedaban las expectativas de una fiesta y con qué añoranza me reconocí entonces. Yo ya he estado ahí, con esa determinación y el olor a tabaco impregnado en la ropa horas después de haber salido de la discoteca, de haber terminado la fiesta y no encontrar el momento de volver a casa. Me recuerdo en aquel tiempo, con la cabeza alta y una seguridad que me había ido haciendo a medida en los territorios donde era una más. Controlaba las situaciones en casa y en el hospital sabía sonreír, me gustaban mis amigos. ¿Cómo voy a hacer para recoser todo esto de ahora?

Durante los últimos meses, ha sido de esta forma —con las notas que cazo al vuelo en boca de otros; una fiesta de Fin de Año, por ejemplo— como he ido tomando conciencia de que los días y las semanas pasan y se acumulan configurando una suma que da como resultado un margen de tiempo cada vez más amplio respecto al temible febrero pasado. La otra noche, sin embargo, tumbada y cansada, con Marta y Vanesa bien cerca, tenía muy presentes todas las coordenadas temporales; sabía con exactitud cuántas horas le quedaban al año, las sentía caer, una tras otra, ejecutando una cuenta atrás decorada con la voz lejana de Quim al otro lado del teléfono. El día siguiente, 31 de diciembre, era la fecha en la que él tenía que llegar a Barcelona, o eso era lo que me había dicho. Había estado esperando noticias suyas desde aquella llamada de hacía más de un mes, pero el silencio por su parte me había hecho creer que tal vez lo había soñado. En el fondo, confiaba en que me llamaría en algún momento para anunciarme que ya había aterrizado. De nuevo los nervios contaminantes; no los podía disimular de ninguna forma, ni en el trabajo ni a solas conmigo misma, incapaz de concentrarme en una sola cosa a medida que los días se acercaban al final del mes, como si la solución de la vida soporífera me la tuviera que traer él desde Boston. La esperanza de verlo sirvió de empujón para resistir a la Navidad y a la invasión de amigos que se habían volcado en acompañarme durante las fiestas, para difuminar la dureza que nos supone a todos aceptar que Mauro no está. Pero la lacra se ensancha con la tenacidad, refuerza la imagen de lo que habíamos sido tiempo atrás, no solo Mauro y yo como pareja, sino todos nosotros como grupo.

Me muevo desde hace años entre tres grupos de amigos diferentes, reducidos, compactos e invariables. Lídia, los compañeros de trabajo más próximos y los amigos comunes de la vida conjunta con Mauro. Estos últimos ahora me incomodan. Son todo parejas y se rodean de niños. Yo he quedado marcada por el número uno. Ellos, por el contrario, con la muerte de Mauro han mutado en un ejército potente, un ejército dispuesto a avanzar hasta atraparme y convertirme en su rehén. Los tentáculos de la muerte son indiscretos, largos, y se entremeten sin permiso también en las relaciones, debilitándolas y quebrándolas.

Intenté recibirlos, tener comida, caprichos y bebidas en casa, seguir las conversaciones, soportar el peso de la felicidad de los otros y de la alegría obligada de la Navidad. Me mostré afectuosa y correspondí a su generosidad con detalles y esfuerzo. Parecía que nunca encontraban el momento de largarse, y su buena intención se acababa diluyendo con el paso de las horas en una forma efímera de amabilidad. Como si se tratase de una Navidad cualquiera, me obligué a comprar un pequeño regalo para todos los críos de la pandilla, un portachupetes forrado de telas diferentes que había encontrado en una pequeña tienda del barrio. Mientras los compraba y la dependienta me mostraba todas las telas, era yo y me sentía feliz con la ilusión del regalo; más tarde, ya en casa, los quise envolver intentando hacer paquetes personalizados, tal como había visto en internet. Pero fracasaba a la hora de colocar el cordel y hacer un nudo que en teoría era la gracia del paquete. Mi poca habilidad para las manualidades, que siempre había aceptado con humor, se convirtió en un manojo de nervios que me hacía arrugar los papeles con rabia y descubrir que la impotencia, el dolor y la tristeza no se debilitan con el tiempo, sino que se van transformando hasta alcanzar un estado tenue y caprichoso. Solo puedo fingir. Me he transformado en una actriz recalcitrante, estoy labrando una carrera que me lleva directa al Oscar. A veces soy capaz de ofrecer una actuación magistral, de hacerlo tan bien que yo misma creo que lo consigo, hasta que un cordel desobediente me hace entrar en cólera y lanzar las cajitas con los chupetes y las alegrías de los otros contra la pared del dormitorio.

Así pues, la espera de alguna prueba de vida de Quim ha conseguido empujar las primeras Navidades sin Mauro. Las dos últimas noches antes de la guardia había dormido francamente mal. Me despertaba y consultaba el teléfono de madrugada, y mientras me obligaba a conciliar el sueño, recreaba escenas del posible reencuentro. ¿Nos abrazaríamos teatralmente? ¿Nos quedaríamos a un par de pasos el uno del otro y esperaríamos a que uno de los dos rompiese el hielo? Con la cabeza bajo la almohada llegaban las recriminaciones; no quería pensar más en él, si tuviera la intención de querer volver a verme ya lo habría demostrado con algún detalle, quizá felicitándome la Navidad. Es cierto que yo tampoco le había felicitado a él. Ni siquiera sabía qué hacía en Boston, conocía cuatro detalles de su vida, y todo parecía indicar que era una persona dada a la libertad, a la diversión y a exprimir hasta la última gota de cada día. Las posibilidades no tan solo de que viniese, tal como había dicho, sino de que una vez aquí pudiéramos ir juntos hacia donde fuera eran muy inciertas.

Las voces de las residentes hablando de todas las esperanzas que tenían puestas en aquella fiesta de Fin de Año me acabaron acunando hasta dormirme profundamente. Durante las guardias, si la noche no ha sido muy movida, me acuesto unas horas y me adormilo, pero nunca había caído en un sueño tan profundo. Tampoco nunca había estado tan cansada, tan exhausta de escucharme y mesurarme.

Habrían pasado unas dos horas cuando me sonó el busca. Parada cardíaca en la habitación ciento veinticinco. Me desperté sola y desorientada con la soñolencia estampada por todas partes. Con los gestos mecánicos de siempre me puse la bata y corrí hacia las escaleras. Se oían chirridos lejanos de puertas y los pasillos se alargaban a mi paso. Al llegar a la ciento veinticinco ya había personal médico y no vi al bebé en la cuna. Miré en el sofá, en la cama de la madre. Nada. El bebé no estaba.

—¿Dónde está el bebé? —Me agaché y puse la cara contra el suelo frío de linóleo para buscarlo debajo del sofá.

—Paula. —Marta se agachó a mi lado y me tocó el hombro. Luego me habló muy bajito para que no la oyeran los demás—:

Es la abuela, el niño está bien, está con su madre en la sala de lactancia. La de la parada cardíaca es la abuela.

—¿Cómo?

Tardé un poco en ponerme en situación y en darme cuenta de que en el suelo, al otro lado de la cama, había una mujer mayor tendida mientras Vanesa y un médico la atendían. La vergüenza me invadió con un calor repentino. El médico me miró de reojo cuando me acerqué, y al cabo de unos minutos, cuando todo estaba bajo control y se habían llevado en camilla a la mujer de la habitación, me pareció que hablaba de mí señalando el sofá y riéndose por lo bajo. Sabía que cuando explicara la anécdota a todo el equipo que entraría fresco a primera hora de la mañana, yo misma me burlaría; comprendía que la imagen cómica de la doctora buscando a un bebé debajo del sofá traería cola y sería material de primera para hacer chistes, seguro que yo misma los engrosaría, pero me habría gustado gritarle a la cara a ese médico que estar tan dormida aquella madrugada era solo la punta de un iceberg babélico. Cómo nos cuesta ser conscientes de los otros, prever montañas de hielo o calibrar la desmesura encubierta.

A las ocho de la mañana hicimos el cambio de guardia con los equipos de turno. Cuando acabamos, salió la anécdota y nos reímos de la búsqueda estrambótica que yo había llevado a cabo en la ciento veinticinco hacía unas horas. Estábamos todos allí: Santi y dos neonatólogas más del equipo; Marta, que ya no parecía tan enojada; Vanesa y la secretaria, una chica tímida y de color rosa, eficiente y asustadiza. Recostados contra la pared, me escuchaban y bromeaban, algunos con las manos en los bolsillos de la bata, otros sujetando café; Santi me revolvió el pelo. Me gustaba esa calidez, la sensación de equipo y de ser querida.

Crucé la salida del servicio con aquel fardo lleno de algo a lo que aferrarme, empujando la puerta, exhausta, con las facciones caídas, despeinada y con los ojos brillantes. El mundo diurno despertaba apenas con los ruidos habituales del vestíbulo de las consultas externas, que a aquella hora de la mañana gozaban de calma: hombres y mujeres de blanco esparcidos por diferentes rincones, algún padre corriendo detrás de la criatura que espera ser atendida y el personal de limpieza pasando la mopa, recogiendo los sustos nocturnos, las urgencias, la primera luz del día embelleciendo el espacio y dejándolo a punto para recibir una nueva hornada de gestas médicas.

Día 31. En cuanto salí del vestíbulo, el aire frío me golpeó en la cara como un aviso y me peleé con el pelo, que se enredó enloquecido por un viento repentino. Buscaba las llaves del coche en el bolso maldiciendo mi manía de guardarlas siempre en el bolsillo interior cerrado con cremallera. Los guantes de lana complicaban significativamente la operación. Antes de salir había comprobado la pantalla del teléfono con las esperanzas ya agotadas, y solo había encontrado el mensaje que papá me había enviado a las siete de la mañana, informando que la tramontana soplaba muy fuerte en la Selva de Mar y que hiciese el favor de ir con cuidado, porque a pesar del cielo sereno de Barcelona había alerta de fuertes rachas de viento. El mundo, sin embargo, seguía en su sitio. O eso pensaba yo.

—¡Doctora Cid!

Alcé la cabeza y me aguanté el pelo que me venía a la cara para poder ver bien. De pie, con un abrigo largo abierto que revoloteaba como una capa, con deportivas, las manos en los bolsillos, los hombros relajados y el cuello levemente echado atrás, como a la expectativa, Quim esperaba a unos tres metros de mí, con el aire travieso intacto.

Me detuve de golpe. Los segundos que siguieron al grito de mi nombre me regalaron una sensación de triunfo suspicaz. Había venido. Yo ganaba y la retahíla de reproches que me había escupido la sombra los últimos días perdía.

—Quim...

Nombrarlo en voz baja para retenerlo, para asegurarme de que era verdad solo un instante, y después notarme la respiración entrecortada. El corazón que palpitaba entusiasta y la parte más racional de mí ordenándome bajar las pulsaciones de inmediato.

La distancia de casi un año me había ofrecido el espacio para reinventarlo con matices falsos: las canas incipientes no eran tantas, era más alto de como lo recordaba y tenía una presencia más imponente. La nariz pequeña, párvula, los labios que recordaban las cuadernas de una embarcación, y los ojos vivos e impacientes, sin ningún rastro de rencor, estudiando mi reacción. Allí estaba, de verdad, inesperado, definido, real, como una fotografía nítida y sin filtros.

—¿Cómo has sabido que estaba aquí?

No eran ni mucho menos las primeras palabras que había ensayado durante las noches de insomnio. «¿Cómo has sabido que estaba aquí?», ni un triste hola. No podía controlar la entonación, pendiente de que no se me escapase y quedarme sola otra vez.

—No se me ocurría ningún otro lugar donde buscarte —dijo sin ironía, y entonces le salió un poco de vaho de la boca, y Amsterdam me vino a la memoria y se me aferró al estómago con el vértigo de las primeras veces.

—Hola —dije con una voz que destilaba muy buen humor. Sonrió y nos dimos dos besos. Y luego llegó el perfume de cedro, de madera y almizcle, masculino, recorriendo las conexiones directas a la amígdala y al hipocampo de mi cerebro, implicados en la emoción y la memoria de forma irreversible.

Aconsejamos que la madre deje un trapo que previamente se ha puesto sobre la piel dentro de la incubadora, muy cerca del recién nacido, para que se impregne de su olor y lo sienta cerca, se acostumbre a él y fortalezca el vínculo afectivo. De qué manera me había negado la necesidad de vínculo con este carpintero casi desconocido que me atraía como un imán, cómo había renunciado a su piel durante un año. Paralizada en aquel gesto de reconocimiento en el que nos habíamos quedado, quise ignorar el hecho de que él no supiera nada de lo ocurrido.

—Estoy muy contenta de que hayas venido.

Le apreté la mano mientras con la otra luchaba contra el viento que se empeñaba en celebrar el reencuentro con una danza de cabellos, hojas arremolinadas a nuestros pies y aquel frenesí.

Dentro del coche nos mirábamos sin saber qué decirnos. Era extraño y delicioso a la vez, y cuando en la ronda, parados en una retención, fui a cambiar de marcha, posó la mano encima de la mía, de modo que me acompañó en el gesto de poner la primera para arrancar. La dejó allí todo el trayecto.

—¿Sabes qué me ha pasado durante la guardia, esta noche?

Se acomodó en el asiento para poder mirarme bien, dispuesto a escucharme. A pocas horas de dejar atrás aquel año deforme, yo existía para alguien dentro de un coche de camino a casa; era visible, alguien me escuchaba de nuevo, y era un bálsamo reencontrarme toda entera.

Fue entonces cuando supe que mentiría, que callaría la gravedad y el peso de una muerte.

15

La carretera que lleva hasta el valle Boscana es sinuosa y umbría. Hace casi una hora que he salido de Barcelona, no me muevo con comodidad fuera de la ciudad y me siento algo mareada. Me inquieta no saber dónde estoy y el GPS parece haber enloquecido desde que he dejado atrás la última población. Las panzas de las rocas nacen cada vez más a ras de suelo y no me deshago de una sensación de peligro inminente, como si detrás de cada curva me esperase un sobresalto. Se me hace raro recorrer este camino todavía con la corporeidad irreal del día de ayer a flor de piel.

«Te espero mañana.»

Quim me dejó anotada la dirección en un papel encima de la consola del recibidor.

Al volver del hospital, hicimos un intento de despedirnos frente a mi bloque de pisos, aún dentro del coche; hablábamos con frases entrecortadas, sin saber muy bien qué camino debían tomar las intenciones. Quim me insuflaba una energía diferente, un impulso atrevido que hizo que le invitara a subir a casa sin pensarlo mucho.

Dormimos cuatro horas con luz de día, él acusando el *jet lag* y yo acusando algo parecido a la resurrección. Hubo sexo, café, unos gramos de cotidianidad inesperada y un intento de pedir perdón cortado en seco por su dedo índice.

—Sea lo que sea, ya tendremos tiempo de hablar de ello. Estás agotada y yo también. —Me apartó un mechón de pelo de la cara—. Si te apetece, esta noche paso el Fin de Año con unos amigos. No viven lejos de aquí. Me encantaría que vinieras.

—Es que ya había hecho planes.

Había rechazado dos o tres propuestas para pasar la noche de Fin de Año. A todos les había dicho que trabajaba, pero, en realidad, el único plan que tenía era visualizar a Quim en Barcelona, verlo bajar del avión y teclear mi número, reservar aquel hueco de la agenda por si acaso. Y ahora desistía y me sorprendía diciéndole que no, que no podía pasar el Fin de Año con él. Esta tendencia nueva de los últimos meses me perturbaba, el hábito de aplazarlo todo, de maquinar una mentira que hiciese de escudo a una soledad que me requería y desaprobaba a la vez.

Se encogió de hombros e hizo una mueca cómica de decepción, pero ya había advertido el golpe bajo en su mirada.

—Tú te lo pierdes, doctora. Tengo una segunda propuesta. Mañana, cuando te hayas quitado de encima la resaca, ¿por qué no coges una pequeña maleta, la llenas de ropa de abrigo y zapatos de montaña, y te vienes a pasar un par de días conmigo?

—Una propuesta muy seductora. Me lo pensaré. ¿Y ahora qué vas a hacer?

—¿Ahora? Ir a casa, dormir un poco, deshacer maletas y hacer la compra por si al final aceptas mi propuesta. Vamos a necesitar comida.

—Quédate.

Me lanzó una mirada llena de picardía.

—Quédate a dormir un rato aquí. Sé que suena raro, pero me encantaría.

—¿Roncas?

Me reí enseñando todos los dientes.

—¿Y tú?

—Un poco, pero con elegancia.

En la habitación, la persiana bajada jugaba con la luz del sol dibujando una telaraña de luces y sombras. Alabó una pintura de Coco Dávez que había en el suelo de parquet apoyada contra una pared.

—Fue un regalo —exclamé.

Se propagó una quemazón sobre mi diafragma, como el fuego que se abre camino por un suelo rociado de combustible. Era un acrílico sobre papel alemán de grandes dimensiones, con el fondo azul añil y solo cuatro trazos rojos que insinúan un desnudo. Me lo regaló Mauro cuando cumplí los cuarenta. El incendio continuaba con una reacción en cadena, progresando hacia la foto de la noche de San Juan que había en el mueble al lado de la cama, y se extendía hacia la terraza, que se había convertido en un terreno pantanoso donde mi batalla por hacer renacer las plantas se podía dar prácticamente por perdida. El foco del incendio se concentraba en la cama. En esta cama solo habíamos dormido Mauro y yo, y las niñas de Lídia, que se habían echado alguna siesta en ella cuando eran muy pequeñas. Desacralizar la cama como altar. Eso tiene que ser un paso. Darle nuevos usos, poner a Quim en ella y anhelar que el cedro de su piel impregne las sábanas y todos los confines de un espacio que ya comenzaba a oler a desierto.

Miró de reojo la foto cuando nos sentamos en la cama, pero no hizo ningún comentario. El arte de mentir requiere concentración, y no me puedo permitir desfallecer por culpa de un montón de objetos que gobiernan mi pasado.

—¿Te importa si me quito los zapatos?

—Si te invito a dormir es con todos los lujos, te lo puedes quitar todo.

Nos acurrucamos bajo el nórdico solo con la ropa interior.

—¡Traidora! ¡Tienes los pies helados! ¡No recordaba que tenías cubitos en vez de pies!

Y entre risas, manos, el vello de sus brazos y comentarios llenos de claridad, nos quedamos cara a cara, y yo cerré los ojos para no enfrentarme a una verdad que bombeaba insistente desde lo más profundo: el cuerpo de Quim ocupando el lado de la cama donde antes dormía Mauro. Un hombre deseado pero no amado, un hombre nuevo y otro que ya no estaba. Un hombre carcajada. Un hombre trampa, y yo lo sabía.

Estudió el fondo de mis ojos para buscar mi aprobación. Qué cerca lo tenía y qué irreal era todo de pronto, aquella felicidad imprevista. Le toqué el pelo. Le besé los párpados.

No quería fiestas de Fin de Año, quería el afecto preciso de un amigo, la calidez, dormir y apagar todas las voces dentro de mi cabeza. Reconocía aquel cuerpo que se acoplaba tan poco al mío, pero me sentía llena de confianza. Me hizo el amor durante mucho tiempo y yo fingí que todo era completamente normal, que me lamiera, que me empujara echándome los brazos atrás con brusquedad, que me separara las piernas sin muchas contemplaciones, y me dejaba hacer; no me daba opción a tomar la iniciativa ni a decir nada y me parecía bien, todo me parecía bien, ser cuerpo, deseo y nada más. No me encendí, imposible acalorarme, estaba demasiado concentrada en algo mucho mejor: sentirme viva y admirada.

Cuando acabamos le di la espalda y topé con la fotografía de Mauro en la que alguien nos había inmortalizado mientras reíamos envueltos en aire de verbena, sin darnos cuenta de la presencia de la cámara. La foto es la prueba de que esa noche de San Juan existió, de que Mauro existió también y de que hubo otro tiempo en el que estuvimos en paz. Existimos y estuvimos bien. Descansé la mirada sobre la única prueba que queda de ello.

Quim dejó caer la mano sobre mi cadera.

—Paula…

—¿Mmm…?

—Has adelgazado mucho.

Podría habérselo dicho entonces, podría haber reducido la fatalidad y el dolor a una frase breve y objetiva, podría haber pronunciado en voz alta algo así como «Mi mejor amigo», «El hombre que fue mi pareja», «Perdió la vida en un accidente. Antes, sin embargo, me había dejado por otra mujer. Ha sido un año duro». Pero dejé que pensara lo que quisiera. La nada no sería tan grave como la muerte y, aparte de esto, la nada no infundiría en él el grado máximo de afectación repulsiva que implica que sientan pena por ti. Cogí aire y lo solté ruidosamente.

—Ahora que lo dices, a lo mejor sí. Tendré que ir a probar todo eso que has aprendido a cocinar en Boston, a ver si es verdad que eres tan buen cocinero.

Silencio. Pulmones que trabajan pausados, que acoplan los ritmos de la respiración holgada, el viento fuera silbando, intentándome alertar de algo. «No pienses, Paula. Duerme.»

—Entonces ¿vendrás mañana?

—Sí, iré mañana.

La carretera es preciosa, a ambos lados los márgenes se adentran hacia un bosque espeso de encinas y robles. Me he detenido en una explanada para telefonear a Quim y decirle que me parece que estoy perdida, pero no hay cobertura y solo se ve a una familia que corretea con los niños para estirar un poco las piernas y no han oído hablar del valle que busco, así que sigo hacia delante, que es la única dirección hacia donde puedo ir, hasta el kilómetro catorce, tal como indica el papel arrugado. Y después de estirar el cuello para ver el final de una curva sin fin, un cartel discreto al pie de un camino me da la bienvenida al parque natural al que creo que pertenece el valle. Esta visión me produce una oleada de alivio que deja paso a la alegría de haber llegado hasta aquí.

El camino de tierra serpentea entre los árboles y deja ver el perfil de la montaña, el relieve suave, con alguna masía en la distancia, extensiones de viñedos con las cepas vestidas de invierno, y malezas de romero y brezo aún sin florecer llenándolo todo.

La grava crepita bajo los neumáticos del coche cuando aparco delante de una casa de piedra que por fuerza tiene que ser la suya, porque no he visto ninguna otra y se encuentra justo en la bifurcación del camino, como la que me dibujó en el mapa que me dio ayer. Apago el motor y salgo del coche. El silencio solo lo alteran el ladrido de un perro lejano y el murmullo del viento entre las ramas peladas de los álamos que se extienden a los lados de la casa y abanderan el bosque que nace justo detrás. Antes de que mis ojos puedan acabar de abarcar toda la belleza de los alrededores, se abre la puerta de la casa y Quim viene a recibirme ajetreado.

—¡Entra! ¡Entra con el coche, lo puedes meter aquí dentro! —grita desde un pequeño porche.

Pero dejo el coche donde está y corro hacia él con toda el ansia del viaje. Me tiemblan las piernas. No entiende la proeza que significa para mí haber pedido cuatro días de fiesta en el hospital, haber llamado a Santi de noche y haberle deseado feliz año y seguir mintiendo, decirle que de acuerdo, que tiene razón, que necesito parar. Hacer ver que soy una niña buena abatida y esforzarme para que mi voz no transmita este deseo de huir, un deseo físico, imposible de retener, el mismo deseo que me ha empujado a hacer la maleta con prisas, rescatar la ropa interior menos funcional del fondo del cajón, mirarme en el espejo y practicar la sonrisa, ensayar caídas de ojos y vaciar el fondo de las pupilas de cualquier trauma. No, sin toda la verdad no lo puede entender, ni tampoco puede captar que he viajado en el tiempo armada de condiciones heroicas para estar hoy aquí y estar yo, no aquella otra que camina errática entre las sombras. Ahora no puedo pensar mucho en ella, porque si lo hago se convierte en víctima y entonces lamento arrinconarla. Acallarla es pasar página y tener la valentía de dejar atrás su pasado, y yo lo amo, ese pasado, lo amo como se aman las cosas más oscuras y secretas.

—Eh, doctora…, ¿todo bien?

—Todo perfectamente bien.

Me doy la vuelta para admirar los alrededores. Inspiro. Estoy en una casa pequeña de piedra en medio de un bosque frondoso. Un río la bordea como la lazada de este regalo sorpresa. La he visto centenares de veces en las fábulas, en los cuentos con lobos y caperucitas, y la perspectiva de pasar en ella la noche es, cuando menos, emocionante.

—Bienvenida a casa.

Me aconseja que me abrigue y me lo enseña todo con pasión. Hace tres años que vive aquí de alquiler. Era la antigua casa de un masovero y su mujer que se han ido a vivir al pueblo, que está solo a diez minutos en coche, me dice señalando la carretera. Le han permitido hacer alguna obra menor y adaptar un cobertizo que Quim ha convertido en taller. Entramos y advierto en él cierto nerviosismo cuando se encienden los tres fluorescentes del techo y el interior queda iluminado, revelando una mesa de trabajo cubierta de planos, compases y una serie de instrumentos de los que desconozco el nombre. Al fondo hay piezas de mobiliario sueltas y alguna máquina a la que yo llamaría motosierra, me temo que no llego a más. Huele a madera, a resina, a cola y a barniz.

Deslizo la mano por el lomo de una cómoda que se encuentra en el centro de la habitación.

—Cuidado, que tiene astillas. Aún la tengo que pulir.

Se mete las manos en los bolsillos y lo observa todo con orgullo.

Cojo una herramienta que encuentro encima de un pequeño archivador metálico.

—Es la primera vez que entro en una carpintería.

Acaricio el mango que sujeta una hoja de acero.

—Siempre hay una primera vez para todo.

Asiento con la cabeza y sonrío.

—¿Cómo se llama esto?

—Gubia. Esta es para cortar. Mira, ven.

Me la coge de las manos y la hunde sobre una pieza cuadrada de madera. Me muestra un corte preciso perfilado en la superficie, sopla un poco en el surco para quitar el serrín y luego me hace poner la yema del dedo índice dentro. Encaja a la perfección.

Ahora comprendo que Quim pertenece a este espacio, ahora lo veo claro. El hombre al que antaño solo había intuido y que he estado imaginando todo este tiempo se me aparece como un claro inesperado, y el corazón me avisa de algo que me apresuro a ahuyentar; necesito creer que puedo estar aquí, que está bien estar hoy aquí.

«Toqué fondo», comenta, y yo aguanto en silencio para mantenerme obstinada y cumplir lo que he acordado conmigo misma. Su sinceridad no puede alterar mi mentira. Que estaba divorciado ya me lo había dicho hace un año; yo no le había dado detalles de mi vida y él nunca preguntó nada, así que Paula, tranquila, tampoco tiene que hacerlo ahora. Dejó la asesoría donde trabajaba cansado del ambiente gris y cargante, del estrés.

—Yo era uno de aquellos que dicen que un día lo enviarán todo a la mierda y se largarán al campo para cuidar cuatro cerdos. No sé cómo, pero lo hice.

—¿Tienes cerdos? —pregunto perpleja.

La pregunta le hace reír mucho, muchísimo, una risa contagiosa que tiene la capacidad de trasmutar hasta convertirse en un beso húmedo que abre mil puertas y desballesta cualquier posibilidad de echarse atrás.

—No, doctora, no tengo cerdos.

Me roza la ceja con un dedo mientras me mira como si fuera la primera vez.

—Quim, yo… siento haberte pedido eso, que te alejaras de mí. Pensarías que soy una maleducada y no debiste de entender nada.

—Muy maleducada. —Sonríe.

—¿Me perdonas? —pregunto en un susurro.

No habla de inmediato. Lo cierto es que incluso cierra los ojos un instante. No sé qué imágenes guarda dentro, qué información debe de buscar ahí; desconozco a qué cosas recurre, qué hace, si me está tomando el pelo, qué se dice a sí mismo, en qué piensa, de qué se aleja o a qué regresa, si tiene suficiente con mi cuerpo o si le importan mis palabras; tal vez pida un deseo, o quizá solo se aferre al significado de mis disculpas. Mi corazón palpita con tanta fuerza que temo lastimarme. Me queman las mejillas de vergüenza, consciente como soy de que en mi discurso falta la frase reina coronada por una palabra negra capaz de acabar con la magia de todos los cuentos.

Todavía no lo conozco lo suficiente; solo sé que es un hombre sencillo, fuerte y divertido, que dentro de su vocabulario atesora palabras como «gubia», que han pasado casi cuarenta y ocho horas desde que estamos juntos de esta manera extraña y no me cuestiona, un hombre salido de la nada, como las oportunidades o las cuerdas que te lanzan para que te aferres a ellas y te salven la vida. También sé que con una mentira no se puede empezar con buen pie. Al fin y al cabo, pienso, una mentira es lo más parecido a invisibilizar ciertas cosas, y si no hay nada por ver, la muerte, sin ir más lejos, queda desautorizada.

—Si me ayudas a limpiar y a cortar las verduras no te lo tendré en cuenta —murmura finalmente a mi oído. Pero a la vez me coge la mano y la aprieta, me la aprisiona con un gesto firme, lejos de cualquier broma.

16

Y de improviso la boca se me llena de sabores nuevos: hinojo, tomates secos, aceite aromatizado, higos. Tengo las manos enharinadas y una felicidad infantil me guía sin darme cuenta mientras amaso la mezcla, e interrumpo este movimiento reiterativo de los brazos que acabo de aprender solo para escuchar historias alrededor de una cocina que funciona como centro neurálgico en la vida de Quim. La cocina no es ni mucho menos un lugar de paso para alimentarse. De día, el sol entra en ella por los ventanales, y las partículas diminutas danzan revoltosas esperando que él alce el telón y encienda los fogones de su escenario, y cuando cae la noche organiza cenas con los amigos alrededor de una mesa enorme, una mesa preciosa que, como no podía ser de otra forma, ha hecho él con sus propias manos. A menudo se sientan alrededor los alumnos de un curso que imparte con una buena amiga italiana que vive en Boston. Giovanna. Pronuncia su nombre jugando con la ene geminada y mira hacia el infinito con ademán teatral. Giovanna. Pero no pregunto para constatar lo que me parece adivinar, y lo más curioso es que por dentro no me altero ni un ápice. Primero me explica que la escuela de cocina es de ella y que tiene la sede en Boston, donde vive; que él colabora con ella impartiendo clases aquí si puede organizarse, así que cuando disminuyen los encargos de carpintería y el tiempo y los ingresos se lo permiten, se marcha a Boston y se queda allí algún tiempo. Desde hace unos años vive la vida tal como viene y no piensa demasiado en el futuro. También es el artífice de la isla de madera hecha a medida donde trabaja, donde corta en juliana a una velocidad que espanta, donde prepara la ternera a dados y donde me empotró anoche y me lamió toda hasta hacerme perder el sentido.

También está el vino, que mancha la madera con cercos granates que van marcando el paso de las horas en esta casa, pequeñas formas aguadas que después él seca con un paño que lleva permanentemente colgado de la cintura o anudado en el cinturón del delantal japonés. Hace el gesto sin darse cuenta, deja de hablar, de remover el guisado, seca y al mismo tiempo me coge por la cintura para apartarme un poco más hacia a la izquierda y poder llegar a la sal. El vino, aquí, se parece al aire y vuelve a ser bebida y algo más que tiene que ver con dulcificar, liberar, celebrar, y que ya no es el pasillo angosto por donde huía hace solo unos días. Me lo hace beber a pequeños sorbos y me enseña a encontrar en él aromas de gran intensidad, a apreciar notas de sotobosque, de humus, de cuero.

—Cierra los ojos. ¿No lo notas todo sobre un fondo de frutos rojos y negros maduros?

Niego con la cabeza.

—Explícamelo otra vez.

Bebo otro sorbo y le busco los labios calientes, la lengua bañada en vino. A nuestra espalda, el fuego lento carameliza la cebolla y tuesta un puñado de ajos, sus manos bajo la lana de mi jersey, el calor de la piel, el tacto, la vida por fin.

Podría quedarme dentro de este espacio ordinario y pensar que las cosas funcionan así, como una pausa entre el primer y el último acto de la vida. ¿Por qué no? Me está pasando, es tan real como lo son las montañas del valle que nos observan indiscretas, como el apetito que ha regresado débil de una batalla muy lejana, como las risas ahogadas de ayer noche bajo las mantas y las sábanas, pero la sombra ya me espía desde la puerta. Se me acerca temperada y vigilante.

—Mentir es de cobardes —me dice con recelo.

Se aparta y desaparece entre el humo de la cazuela, pero no importa. Quim ya ha empezado a quitarme la ropa otra vez, y yo le he dejado probar las puntas de los dedos, lo he atrapado por las nalgas, hemos apartado estrepitosamente un bol repleto de dátiles y un puñado de nueces, y ha entrado dentro de mí una y otra vez; he levantado un muro provisional por donde es imposible que trepe la memoria dolorida, un paréntesis donde caben el placer, las caricias, las alabanzas, las cosquillas, estos besos, solo lo que contiene el momento presente. La leña crepita en la chimenea y lo es todo.

A la mañana siguiente vamos al pueblo, que está casi desierto salvo por los gatos que pasean con una actividad que contrasta con el silencio. Quim me cuenta que en verano hay más vida pero que la cosa tampoco cambia mucho. Nuestros pasos resuenan por las callejuelas. Alrededor de la plaza, la única plaza, se concentra todo el comercio: un quiosco, dos bares, una carnicería, un supermercado y dos panaderías que compiten para ofrecer el mejor bizcocho. En verano también abre una pescadería minúscula. Hay una pequeña iglesia destartalada con tejas barnizadas revistiendo todo el tejado. Nos dirigimos al banco que está un poco más arriba. Mientras Quim hace alguna gestión, espero fuera. No podría vivir aquí. La quietud convertida en núcleo urbano me desespera y noto que me estoy poniendo muy nerviosa. «¿Qué narices hago aquí?» Pienso en llamar a Lídia, pero en el último momento algo me detiene y me limito a enviarle un mensaje contándole que estoy con Quim, que todo va la mar de bien, que estoy contenta como hacía tiempo que no lo estaba, que la semana que viene nos podemos ver en el hospital y ponernos al día. Si le escribo me ahorro tener que dar explicaciones sobre el silencio de estos días y poner palabras a este estado impreciso que se me ciñe, como un recordatorio impertinente de algo que solo empiezo a entrever. Cada vez que lo noto niego con la cabeza de forma involuntaria como quien aparta una mosca fastidiosa con la mano.

—Listo, doctora. ¿Tomamos un café?

Se está bien en la plaza. Combatimos el frío de la terraza sentándonos bien cerca de las estufas, con las piernas cruzadas; merece la pena ponerse de frente al sol y recoger su energía directamente.

—¿Cómo estás?

Me da una pequeña patada en el zapato. Las gafas de sol enseguida se convierten en mis aliadas. Tal vez la mentira haya hecho que me vuelva paranoica, pero diría que Quim intenta sonsacarme información de vez en cuando.

—Muy descansada, pero con agujetas. Curioso, ¿no te parece? Ah, y también bien alimentada. Tengo reservas hasta el próximo enero, puedes estar tranquilo.

Ríe maquinalmente, porque no es eso lo que quiere saber. Y vuelve a la carga.

—Me gusta que estés en casa. Quiero decir que me hace ilusión que hayas podido quedarte tres días, al final. —Se me acerca y me besa en los labios. Estos gestos a la luz del día me descolocan y siento una vergüenza casi pueril—. ¿Sabes?, he pensado mucho en ti todo este tiempo.

El camarero llega con los cafés y pregunta para quién es el solo y para quién el cortado, y nos explica algo sobre la temperatura de la leche que hace que la frase de Quim quede en espera, sostenida mientras pienso cómo ser sincera sin serlo del todo. El camarero se va y me enderezo.

—¿Y qué pensabas?

—Que estuve muy a gusto las veces que nos vimos y lo poco que habíamos hablado. No quería insistir, ni molestar, me monté mil películas pensando qué te habría pasado por la cabeza o si había dicho o hecho algo que te hubiera molestado. Y que me moría de ganas de volver a verte. Me tenía que esforzar para no pensar en ti. Y ya sabes…, cuanto más te prohíbes una cosa, más la deseas.

—Yo también tenía muchas ganas de verte. —Me detengo un momento y me pongo las gafas de sol sobre la cabeza para que advierta que le estoy hablando con sinceridad—. Agradezco que respetaras el silencio. Te prometo que tenía muchas ganas de estar contigo.

—¿Pero?

—No lo sé. —Me encojo de hombros y vuelvo a bajar las gafas—. Supongo que somos adultos, Quim. Empezar a verse con alguien hace pensar mucho, al menos a mí. No quieres equivocarte.

—Y con esto de ahora, ¿qué haremos?

—Espolvorearlo con harina y amasarlo bien amasado. Horno, doscientos cincuenta grados —respondo divertida y le hago una friega rápida en la mano. Me lanza una bolita hecha con la servilleta de papel.

Y entonces pasa. Desde el fondo de la calle principal, que cruza el pueblo, se aproxima un coche funerario. De repente, parece que todo transcurra a cámara lenta. Dos palomas bajan en picado. Me asustan. *Columba livia* de la raza ojo de fresa, con la cabeza grande, corta, ancha y cuadrada y ribetes oculares de un rojo intenso. La angustia se me come entera. La campana de la iglesia tañe lentamente, el negro metalizado del coche provoca un reflejo y quema las paredes de las fachadas. Las dos mujeres mayores y vestidas de negro que hablaban en la esquina se vuelven para verlo pasar y cuchichean tapándose la boca con la mano sin dejar de seguir el vehículo con la mirada chismosa. A los pocos segundos pasa frente a nosotros y puedo ver la corona de flores atada en la parte trasera. De ella cuelga una banda de satén blanco y unas letras que rezan: «Tus hijos nunca te olvidaremos». No voy a caer en la trampa, no puede ser que la muerte me persiga de esta manera. Me repito que es pura casualidad y que, desde que Mauro no está, cualquier referencia fúnebre puede servir de recordatorio. Tengo que controlar los temblores y este peso en el pecho. «Los tienes que controlar, Paula, respira. Muertos hay un montón a diario. Lo tendrías que saber mejor que nadie.» Pero, a pesar de todo, me deja helada.

—Es una mujer.

La voz de Quim me devuelve a la plaza.

—¿Cómo dices?

—La que se ha ido al otro barrio. Es una mujer. —Lo suelta con un tono y una indiferencia descarados mientras remueve el café. Me entran ganas de pegarle—. Aquí, cuando tocan a muerto, si son dos repiques y tres campanas significa que el muerto es una mujer. Tres repiques y tres campanas, un hombre.

Se me ha hecho un nudo en la garganta y soy incapaz de hablar. El coche aparca frente a la iglesia. Bajan dos hombres vestidos con traje, los hombros anchos. Cuando uno de ellos se dispone a abrir la puerta trasera por donde tendrán que sacar el féretro, me levanto de un brinco y entro corriendo en el bar para pagar. No sé qué hace Quim, soy incapaz de darme la vuelta.

Salgo y procuro no mirar hacia la iglesia, pero oigo el ruido metálico de la que debe ser la camilla plegable donde colocarán a esta mujer que se ha convertido en un número concreto de repiques de campana.

—¿Nos vamos?

—Eh, ¿qué son esas prisas?

Me tira del brazo para que me siente de nuevo. Tal como estoy colocada, tengo que dar la espalda a Quim para no ver lo que está ocurriendo en la puerta de la iglesia.

—No me encuentro bien. Vámonos, por favor.

De camino al coche no hablamos. Desliza un brazo por mi espalda y me acerca hacia él. Andamos así un buen rato, pero mi cuerpo no se adapta al suyo; siento el cuello agarrotado, la boca seca y el mal humor que se me ha engullido de forma irreversible.

Me mira de reojo mientras conduce de regreso a casa y después deja caer una mano en mi muslo. Cada vez que me toca o me besa y no estamos dentro de la burbuja del sexo, algo chirría; no me sale devolverle el afecto, y descubro que estos gestos tampoco me hacen sentir afecto hacia mí misma, como me pasaba cuando las mismas muestras de amor surgían con Mauro, ya hace mucho tiempo, cuando las cosas funcionaban y el afecto nacía de manera natural.

—Si quieres dejamos la excursión y así descansas.

—No, me sentará bien andar, de verdad. Ya estoy mejor, lo siento. Me he mareado un poco. No es nada.

Una mentira más. Sonrío y me obligo a cogerle la mano.

Anduvimos casi dos horas, primero bordeando varias masías y después enfilando el camino hasta llegar a una fuente natural de agua helada que se abre en la roca. El esfuerzo físico y Quim, que no ha dejado de contar batallitas todo el camino, me han alterado el humor y vuelvo a ser persona. Lídia ha enviado un mensaje breve en el que me pide que disfrute, que me lo merezco, dice. Que cuando regrese quiere que le explique todo con pelos y señales. Tres líneas de emoticonos. Camino a paso rápido montaña arriba pensando si es cierto que tengo derecho a esconderme detrás de una mentira para volver a sentirme yo misma y complacerme con unos días postizos, pero los razonamientos se me amontonan enrevesados y me rindo, cansada de tantos pensamientos circulares.

Quim llega mucho antes que yo a la cima y se sienta en una roca para esperarme. Cuando le alcanzo, veo que está embelesado contemplando el valle que queda a nuestros pies. Lo observo sin que se dé cuenta y me relajo recordando Amsterdam. Fue la nieve, la intimidad de la nieve, que actuó como una pausa en el tiempo.

Más tarde, cuando cae la tarde, dentro de una bañera blanca con patas doradas comprada en un anticuario y hecha traer hasta la casita del bosque frondoso, tengo la certeza de no ser la primera caperucita que se baña en ella. Me dejo mimar con este regalo, estos días para ponerme a prueba, este silencio líquido interrumpido solo por una gota que cae dentro de la bañera llena, ahora una y al cabo de pocos segundos otra y así sin parar, marcando un ritmo muy lento, pero ritmo al fin y al cabo. Pongo el dedo gordo del pie contra el grifo para no oír más este reloj improvisado encargado de señalar la cuenta atrás. Pienso en lo ocurrido antes en la plaza del pueblo, y en esta contrariedad que empieza en el estómago y me trepa hasta el cuello porque quiere salir con la obsesión de una necesidad primaria. Sé lo que es, de qué se trata, y no me queda otra que tomar una decisión.

Se está bien dentro de la bañera. El agua caliente mitiga el dolor agradable de las plantas de los pies provocado por la caminata. Como en una carta de colores, cuando conoces el dolor de cerca puedes distinguir toda una gama de tonos, y el tono del dolor físico no es nunca tan oscuro como el del dolor mental. Juego a hacer emerger los pechos de debajo la espuma y volver a esconderlos notando toda la columna flotar bajo el agua, sin compromisos ni funciones, sin la responsabilidad de sostener un cuerpo y hacerlo avanzar hacia una resolución. Podría quedarme así y ser cuerpo sin alma, mimarlo con el sexo, regalarle placer, dejarlo flotar en agua templada, envolverlo con la honestidad de las emociones y alejarlo de cualquier movimiento racional. De modo que pienso y juego con el agua, pienso y juego hasta que entra Quim con un hoyuelo aquí y otro allí. Se me queda mirando con ese optimismo suyo repleto de mesas de madera y recetas deliciosas.

—¿Sabías que las judías en remojo —y me señala con la palma de la mano extendida— doblan su volumen?

Y a mí me vuelve a salir de nuevo disparada esta carcajada que daba por desaparecida y, como cada vez que ocurre, le regalo un beso a Quim, al pobre Quim, que ignora que se trata de un beso de puro agradecimiento, y me lo devuelve con una mirada algo desconfiada, me acaricia el pelo mojado y me acerca una toalla.

Las horas avanzan, imparables; están hechas de momentos vividos con la fragilidad de un sueño: hablamos entre susurros, nos miramos con intensidad y reímos mucho de cosas que quizá no son tan ocurrentes, pero estamos atrapados en el hechizo de la novedad y la atracción física. He puesto sobre la mesa la posibilidad del amor, no el amor en sí, y recordar esta hipótesis se convierte en mi centro de gravedad.

—Esta semana tendré que bajar a Barcelona para entregar material; el miércoles seguro, y a lo mejor también el viernes. ¿Quieres que hagamos algo uno de los dos días? O los dos, si te apetece. ¿Crees que podríamos ir al cine?

Se anima con cada pregunta y abre mucho los ojos.

—Tengo que hablar con mi jefe para ver cómo gestiono estos cuatro días que no he trabajado —miento. Esta ha sido fácil—. Tal vez más adelante, ¿vale?

—Vale. —Coge la copa de vino sin mirarme y da un trago—. Entonces ¿te inscribo en la media maratón de la primera semana de febrero que te comentaba antes?

—Es que, Quim…, no sé si estoy en forma, de verdad.

—Estás muuuy en forma, no seas modesta, ¡bandida! Será divertido.

—Ya te diré algo con la agenda delante, es que tendría que comprobar si tengo guardias.

Hago girar el cierre del pendiente sin parar. Le cojo la cara entre las manos y sonrío.

Le beso generosamente, enlazando un beso con otro. Le provoco con las manos y la lengua, le enciendo hasta que olvida cualquier intención previa de decirme nada. En medio de un baile de brazos, manos y piernas, llegamos hasta su habitación y hacemos el amor con el deseo de siempre, pero yo me muestro más afectuosa y entregada que otras veces. Voy allanando el terreno y preparo las disculpas.

Cuando nos acariciamos hace unos ruidos entrecortados, pequeñas interferencias de confort, y aprovecho para confesarle al oído que no le merezco; me mira frunciendo el ceño, pero está demasiado excitado para buscar algún significado más profundo en lo que le acabo de decir. Me muerde un pecho y me hace daño, y luego ya no me esfuerzo por dar lo mejor de mí, me dejo hacer, y estudio cómo decirle lo que he decidido que le diré, pero su placer sí es real y merece que le haga creer que esta última vez será tan excepcional como todas las anteriores. Miento incluso con el cuerpo. Ahora, sin embargo, es definitivo, y bajo mi piel, la sensualidad y el juego ya son tan perecederos como mi permanencia en esta casa.

Más tarde, extasiado y despreocupado, me cuenta que en verano duerme con la ventana abierta para oír los grillos, que tiene ganas de que llegue el buen tiempo.

—Ya verás qué barbacoas montaremos aquí fuera con los colegas.

El futuro ya está aquí. Ha llegado el momento. Le pongo una mano en el corazón.

—El corazón te va muy despacio.

Apoyo la cara en su pecho de manera que no me la pueda ver.

—Has acabado conmigo, bestia; ¿cómo me va a palpitar, si no?

Me río, pero cierro los ojos en una mueca de nervios.

—Gracias por cuidarme y alimentarme, por las risas, por acogerme en tu casa.

—No seas boba. Pero ¿qué dices?

Subo la cara a la altura de la suya y le toco el pelo.

—Mañana por la mañana me marcharé a primera hora.

—Lo sé, doctora. Te esperan un montón de miniaturas humanas.

Me lo quedo mirando con ternura.

—Y no nos volveremos a ver, Quim.

Se incorpora en dos tiempos.

—¿Me tomas el pelo?

—No. Lo siento. No espero que lo entiendas, pero está bien que sea así.

Se enfada y me grita. Utiliza palabrotas como «coño» y «hostia puta», también ha dicho «follar» reiteradamente. Que por qué lo llamé si solo quería follar. Que si solo quería follar le podía haber dicho que solo quería follar. Aguanto el chaparrón estoicamente, me lo merezco y, además, me conforta que no sienta ni un ápice de lástima por mí.

Que solo nos estamos conociendo, que no tiene ninguna intención de atarme ni de hacer planes de futuro, pero que con la llamada le había dado a entender que no quería solo un rollo. La palabra «rollo» me parece de una época muy remota de mi vida y casi se me escapa la risa. Hay algo que huele a mentira reciclada en su acto trágico.

—Y no lo quería, Quim —digo serena y por fin sin tener que maquinar más mentiras.

Me mira sin entenderme y yo intento cogerle la mano, pero la aparta. Cuando hace una pausa, procuro que me escuche bien cuando le digo que tiene toda la razón, que lo siento y que no tiene nada que ver con él.

Poco a poco va rebajando el tono, igual que un niño rebaja la rabieta cuando ya lo da todo por perdido y comprende que por mucho que llore no va a conseguir lo que quiere. Finalmente, se pone los pantalones del pijama y coge una almohada y una manta de un tirón.

—Son las dos de la madrugada. Puede haber placas de hielo en la carretera. Duerme aquí, por favor.

No me mira a la cara. Cierra de un portazo y toda la hostilidad y la humillación que le acabo de lanzar encima rebotan contra mí.

Unas horas más tarde, ninguno de los dos se ha dormido. Regresa a la habitación y entra en la cama para abrazarme por detrás. Habla contra mi espalda y noto la vibración de su voz dentro del vacío de mi cuerpo, vuelve la calidez.

—Siento haberte hablado de esa forma.

—No pasa nada, Quim.

—Si te lo repiensas, ya sabes dónde estoy.

Sé que si alguna vez lo buscase no lo volvería a encontrar, que colgado de la espalda lleva un saco colmado de teatro que no sabe esconder, que si no soy yo será otra, pero no es eso por lo que quiero acabar con esta historia. Ahora solo puedo pensar en mí. Las casas no se pueden empezar nunca por el tejado.

—Gracias, Quim. Por todo, de verdad.

Me marcho cuando empieza a amanecer, y una niebla espesa insiste en convertir esta despedida en un acto triste. El coche no quiere arrancar. Hace mucho frío y la escarcha ha cubierto todo el exterior de un blanco vaporoso. Parece que hoy no saldrá el sol.

—A ver, dale otra vez.

Quim está apoyado en la puerta del coche. Giro la llave de nuevo y al cabo de dos intentos más el motor arranca al fin. Nos miramos con cara de resignación.

—Siempre nos quedará Amsterdam —bromea, pero la voz se le quiebra un poco, o tal vez solo me lo parece a mí.

—Cuídate muchísimo, Quim.

Cierra la puerta y me dice adiós moviendo los labios, después se va. Ya no se da la vuelta.

La mujer sola vuelve a ocupar todo el interior del coche, con un volumen y un peso que reconozco al instante. Deshago el camino de tierra sin prisas y cuando me detengo en el «Stop» para incorporarme a la carretera de curvas, siento la necesidad de bajar la ventanilla y respirar el bosque entero para llevarme a casa el ruido del río que arrulla los guijarros bajo el agua, el olor de esta lluvia que quizá caerá, la libertad, el tacto de Quim en la piel, el gusto inconfundible de la posibilidad, y la evidencia de estar viva y de tener toda una vida por delante. Y entonces un búho levanta el vuelo desde una rama retorcida que sobresale de una pared rocosa, y a continuación se adentra entre las encinas al otro lado del camino. Ya no lo veo más. Podría haberlo imaginado, soñado tal vez, pero algo dentro de mí se deshace, cambia. El vuelo del búho ha durado apenas unos segundos. Justo lo que dura la magia. El cambio es posible. Quizá uno mismo sea un buen lugar adonde volver.

De pequeña quería hacerme religiosa como Maria von Trapp. Me parece que no llegué a contarte nunca esto. La vida en el convento era lo que menos me interesaba, pero entendía el paso por la iglesia de aquella mujer como algo necesario para todo lo que vendría más tarde. Pronto transformé mi deseo de parecerme a ella en el deseo de que alguien como ella apareciese en la calle y buscase nuestra puerta con la maleta en la mano. Por las noches me arrodillaba en la cama y, con las manos en posición de plegaria y encarada hacia la ventana, rezaba para que apareciese una Maria en nuestras vidas. Estaba convencida de que papá necesitaba una mujer como ella. Fantaseaba con la imagen del capitán Von Trapp y su hija cantando y tocando «Edelweiss» con la guitarra. Adapté aquella confirmación del patriotismo austríaco como un conjuro amoroso. La solución más obvia y necesaria pasaba por encontrar a alguien para mi padre. Tenía que haber habido mujeres en su vida que yo no llegué a conocer. Más adelante, un día al regresar del instituto, me cruzaría con alguna bien despeinada en el recibidor de casa. Nunca quise preguntar nada y continuaba esperando a Maria, hasta que los mitos fueron cayendo uno detrás de otro.

Mientras llena de agua un jarrón de cristal y coloca dentro un ramo de eucaliptus, Lídia opina que a estas alturas la solución más obvia y necesaria pasa por encontrar a alguien, por no estar tan sola. «No digo que tengas que meterte a alguien en casa, Paula, pero un poco de alegría te ayudaría.» Huyo momentáneamente a los parajes naturales de los Alpes austríacos y me callo esto que pienso sobre que ya ha habido hombres nuevos después de ti, que supuestamente tenían que hacer volver la alegría y el placer, y que de alguna manera maltrecha lo han hecho. Y si en el futuro hay más hombres nuevos —me callo también esto otro que sé a ciencia cierta—, la alegría y el placer volverán mutilados, como soldados de esta guerra mía.

Me gustaría tanto saber qué piensas de todo esto..., si crees que exagero, comentarlo contigo ahora que ya no seríamos dos personas que confeccionan juntas los recuerdos. Confío en que habríamos aprendido a ser buenos amigos y que un día irías a recogerme por el hospital como lo hacías a menudo, y yo sería capaz de explicarte que la solución obvia y necesaria no pasa por encontrar a alguien, sino por reconfigurarme primero como persona.

Luego te confesaría todo esto de *Sonrisas y lágrimas* y te desternillarías, y cuando llegáramos a casa después de haberte invitado a cenar, subiría el termostato porque tendría frío y tú te rascarías la cabeza, buscando un tratado de botánica en la estantería de la habitación que antes había sido tu despacho, y lo cogerías con aquella consideración con la que tratabas los libros, pasarías las páginas hasta encontrar una que contuviese la flor como de algodón de azúcar blanco y, subiendo el tono de voz para que yo te pudiese oír desde la otra habitación, dirías que sí, Paula, es una flor de la familia de las asteráceas que crece en pequeños grupos en las praderas alpinas y roquedales de altura de las cordilleras europeas, *Leontopodium alpinum,* ¿me oyes? Y yo, quitándome las medias sentada en la cama, sonreiría sola y emitiría aquel suspiro que se parece a la calma y las cosas entre nosotros estarían en su sitio y en paz.

Lídia habla sin parar mientras mueve las ramas de eucaliptus, y en mi interior solo hay el eco de «Edelweiss» envuelto en este olor de invierno que nunca acaba.

17

Cuando entro en el edificio del Grupo Godó, en la Diagonal, junto a Francesc Macià, me hacen mostrar el carnet de identidad y a continuación me entregan una identificación. Dejo fuera el vaivén incesante del tráfico de un martes a media mañana y me adentro por el pasillo bajo la mirada atenta de un guardia de seguridad que me da los buenos días un poco desganado. Enseguida me doy cuenta de que la estética de cristal del edificio, moderna y atractiva, esconde dentro todo un mundo, igual que el hospital donde trabajo, solo que aquí en vez de personal médico y enfermos habitan sobre todo periodistas. Periodistas y técnicos de sonido. Carla es técnico de sonido en una emisora de radio. No se me habría ocurrido nunca. Desde que la conocí en la sala de espera del Clínic, la he convertido en bailarina y la he imaginado agarrada a la barra estirando las piernas infinitas en vertical, y después haciendo unos movimientos dúctiles con el cuerpo, esbelto y equilibrado, girando sobre sí misma, el pelo recogido en un moño y los pechos pequeños, duros, pura fibra. He creado para ella festivales en un escenario que Mauro contemplaba boquiabierto, la he vestido con un tutú blanco y le he llenado los pies de ampollas, de esfuerzo, de sudor y de sangre.

Tengo el estómago revuelto por la agitación y la vergüenza de una niña pequeña que se enfrenta al monstruo de todas las noches. Es una vergüenza cautelosa y bien calculada. Nos hemos comunicado a través del WhatsApp de una manera bastante austera y, sin decirnos gran cosa, las dos hemos tenido claro que los emoticonos y los signos de admiración quedaban descartados. Sabemos que entre manos tenemos el orden y la precisión del hombre a quien parece que hemos amado y al cual hemos pertenecido las dos. No tenemos que luchar para conseguirlo.

Me ha citado en la planta decimoquinta a las once de la mañana. Tiene media hora de descanso entre programas, pero ella ha escrito «media horita», y el diminutivo en la pantalla del móvil ha hecho que la imaginase desnuda, dejando unas braguitas blancas con dibujos infantiles en el suelo, dando pequeños saltos hasta la ducha y cubriendo de espuma el cuerpo rejuvenecido de Mauro entre risas.

Subo los quince pisos esforzándome por recordar que he sido yo la que ha provocado el encuentro y que ya es demasiado tarde para salir corriendo.

Frente a mí, dos hombres que deben de tener mi edad ríen, hablan de un tercero a quien regalaron un vuelo en helicóptero y que, según dicen, pasó mucho miedo. Visten ropa informal, son desenfadados y hacen gala de una imagen que los convierte en chicos o en hombres que nunca van a crecer, con barbas estudiadas al milímetro, perfumados, deportivos y envueltos en una ligereza que comparten con la chica de recepción y con todo el personal que se mueve por esta planta.

—Buenos días. He quedado con Carla.

Me doy cuenta de que desconozco el apellido y dejo la frase en el aire. No es un problema, dentro de poco sabré que es la única mujer técnico de sonido en plantilla y que tiene algo irregular en el habla, un trastorno en la articulación de un fonema: no pronuncia bien la erre y tiene también un pequeño tic en el ojo izquierdo, un pellizco casi imperceptible pero constante. Ahora ya me encaja más con Mauro, estas imperfecciones mínimas que no debía de percibir a primera vista y de las que debió de ir enamorándose poco a poco mientras yo vivía sumergida entre pacientes al límite y artículos de investigación.

—Hola, Paula.

Ha venido a buscarme a recepción y me ha saludado con un tono grave y una especie de sombra de desconfianza en la mirada. Me pide que le dé cinco minutos y me hace pasar al estudio de grabación. Se mueve deprisa, como todo aquí dentro. La sigo con la torpeza de quien no conoce el terreno por donde pisa. Carla me indica con el dedo índice que espere otro segundo y me quedo de pie como un pasmarote con los pies bien juntos y las manos en los bolsillos de la chaqueta. Quiero marcharme. Tuve un pronto hace unos días y me pareció conveniente poner orden, prepararme para pasar página, ponerme en contacto con una bailarina que ha resultado no serlo y hablarle, pero no tengo muy claro qué quiero sacar de todo esto, y ahora la idea me parece que no tiene ningún fundamento. «Ya estás aquí, Paula, cálmate. Casi le debes doblar la edad», pero es precisamente su juventud descarada lo que me hace tragar saliva y cerrar los ojos un instante. Cojo aire mientras ella se sienta frente a una mesa de mezclas llena de canales y luces que centellean. Delante hay una gran ventana a través de la cual se ve el interior del locutorio, donde hay tertulianos hablando en directo con un periodista muy conocido cuyo nombre no consigo recordar. Con los nervios, me pasan por la cabeza cosas incongruentes como hacerle una foto y enviársela a mi padre, pero me refreno.

«No seas cría, Paula.» Me encojo por momentos.

—Quince segundos, se acaba el corte, entras tú y das paso a publicidad, ¿vale? Tranquilo, que yo después ya cuadro.

Carla habla deprisa por un micrófono interno con el periodista, se levanta y se vuelve a sentar; teclea, ordena unos folios con un nervio dentro que me trastorna y entonces, sin dejar de mirar hacia el interior del locutorio, se levanta de la silla giratoria y hace una cuenta atrás con los dedos de la mano que la transforma en la mujer más poderosa que he visto nunca: cinco, cuatro, tres, dos, uno. El mundo se para.

Qué previsible era todo en nuestras vidas, pienso hipnotizada por su gesto: saca la basura cuando salgas, recuerda comprar agua cuando pases por el supermercado; el domingo podríamos comer en casa de mis padres; tengo migraña, tal vez mañana. Yo ya no me perfumaba si no salíamos a cenar con los amigos, y él se negaba a tirar aquellos mocasines que le aprisionaban los pies dentro de la ramplonería y le daban aquel aire provinciano. Resistirse a esta diosa de tejanos desgastados y botas de piel envejecida, que prodiga cuentas atrás con las manos alzadas, en cierta forma está excluido de la idea de ser hombre. Tenía que caer en la tentación como fuese. Resistirse a una mujer así tiene que ser del todo impracticable.

Se me acerca y me invita a salir por la misma puerta por donde hemos entrado hace un momento. La sigo por un pasillo que bordea el estudio como un perro asustado. Parece ser que ya he apurado todo el coraje de anoche, cuando frente al espejo ensayé algo parecido a un discurso que le soltaba como si tuviera alguna autoridad sobre ella.

Desde aquí arriba las vistas son espectaculares y la ciudad, con todo el caos que siempre la acompaña, parece que se pueda ordenar fácilmente; empiezo a intuir con nervios que todo será más sencillo si consigo mirarlo desde otra perspectiva, pero, de momento, un embrollo desordenado logra hacerme tropezar con cada pensamiento.

Nos sentamos en una pequeña sala alejada del alboroto. Solo hay dos butacas, una mesa redonda con todos los periódicos del día y una máquina de té y café. Me ofrece tomar algo y antes de sentarse prepara dos cafés.

De espaldas a mí, le observo el culo. Los tejanos le acogen las nalgas con una generosidad casi injusta, como si se los hubieran hecho a medida para crear un estándar de belleza que todos debiéramos admirar. A pesar de ser tan esbelta, hay una sensualidad en las formas que la convierte en un deseo. Pienso en cuán afortunado debió de sentirse Mauro.

Se sienta. Cruza las piernas y suspira.

—¿Cómo estás? —pregunta con voz herida.

¿Cómo es que no he hablado yo primero? Estoy paralizada.

—Voy tirando. ¿Y tú?

Baja la mirada y se concentra en el café. Remueve el café despacio con la cucharita de plástico y antes de hablar inspira ruidosamente; se le amplia el cuerpo como si se le hubiera abierto un paraguas entre las costillas.

—Mal.

La respuesta me recuerda por qué estoy aquí, y de repente Mauro se hace más presente que nunca. No soy consciente de que me acerco a ella como una madre preocupada por la delicada situación de su hija ni de la mano en su antebrazo hasta que me

la mira haciéndome notar que no le ha gustado. La retiro bruscamente.

—¿De qué querías hablar?

Por primera vez advierto el tic en el ojo izquierdo. Contrae el
párpado de forma involuntaria. Se me ocurre que a lo mejor no
siempre lo ha tenido y lo ha desencadenado el trauma de la muerte
de Mauro. Rápidamente repaso posibles alteraciones neurológicas
funcionales del sistema nervioso central. «No es un paciente, por
el amor de Dios, Paula, ¡concéntrate!» Alejo de mí el pensamiento, pero me siento perdida.

—¿Cómo dices? —pregunto, nerviosa.

—Que por qué has querido quedar. ¿Necesitas algo?

Pienso bien en lo que dice. Sí. Sí que necesito algo. Y se lo digo.

—Necesito saber cuándo empezó todo.

Resopla y luego toma un pequeño sorbo de café.

—Todo empezó aquí. —Alza la barbilla para referirse a la radio en general—. Mauro y su compañero, Nacho, acompañaban
a una escritora a la que estaban promocionando.

—¿La rusa?

Asiente con la cabeza. Recuerdo a la rusa y los días que envol-
vieron la promoción del libro. Mauro no pisaba nuestra casa y estaba emocionado hasta el tuétano.

—Yo me había leído el libro y me había gustado mucho. Normalmente no lo hago, pero me hizo gracia tenerlo dedicado y poder charlar con ella… —Hace una pausa, se recoge toda la melena
por detrás y se la coloca a un lado sobre el hombro—. Es que hablo ruso.

Habla ruso, dice. El *summum*. Mauro debió de deshacerse al
instante a pesar de la dislalia de la erre.

Despliego las hojas del calendario en la mente, intento recordar cuándo ocurrió todo eso, cuándo llegó Mauro con los ejemplares de la rusa recién salidos de la imprenta, feliz como un niño con zapatos nuevos, y me aturdo. Dentro de una semana larga hará un año del accidente y el tiempo pasado se ha alterado de una manera irreconocible. He dejado de contar con un sistema temporal dividido en meses, semanas y días, y ahora lo hago a partir de una simple dualidad, antes y después, y me escudo tras mi barrera de coral. Todo lo que pasó antes parece tan remoto como si le hubiera ocurrido a otro. El tiempo se ha desdibujado como una mancha de agua en una acuarela.

Se percata de mi bloqueo, pero no hace nada al respecto.

—¿Te dijo desde el principio que ya tenía pareja?

Consigo articular la pregunta.

—Lo deduje, porque él no me preguntaba nada sobre mi vida personal.

«Una típica evasiva por su parte», pienso, y sonrío con sarcasmo.

—Nunca le pedí que te dejara, pero parecía que tenía las cosas tan claras…

Se le pierde la mirada por la Barcelona infinita, Diagonal allá, y quiero zarandearla, hacer que escupa todos los detalles.

—¿Qué quieres decir? —pregunto con pretendida serenidad.

—Pues eso, que enseguida decidió ir directo a la boda, y fue cuando me dijo que primero te lo tenía que contar, marcharse de casa y asegurarse de que estabas bien.

Se me revuelven las tripas. Me escuece el estómago como si me hubieran dado un puñetazo. Por las conversaciones conservadas en el móvil me olía algo, pero no que hubiesen llegado tan lejos. La palabra «boda» me impacta en la frente, justo en el entrecejo, y da paso a un dolor de cabeza que sé que se convertirá en un dolor intenso acompañado de náuseas a menos que lo corte con algún analgésico. Le miro las manos con temor y no veo ninguna alianza.

—¿Os casasteis? —pregunto con un hilo de voz.

—No. No llegamos a tiempo.

Se emociona. Se lleva las manos a la cara.

—Lo siento —musito, pero no es verdad: no lo lamento en absoluto.

—Teníamos fecha en Santa Maria del Mar, dentro de medio año.

Hace una pausa para inspirar. Sigue mirando hacia el infinito. Una boda. Quería casarse y quizá conseguir el hijo que no le di. Se le han humedecido los ojos y una lágrima que se mueve casi como un ser invertebrado se desliza por su mejilla. Tiene los pómulos rosados por la calefacción, los mismos pómulos que él debió de colmar de besos clandestinos y que más tarde devendrían públicos, permitidos, inocuos. Las presiones domésticas que me habían acorralado durante años materializadas en una mujer joven, bonita y triste. «Aquí lo tienes, Paula. ¿Qué edad debe de tener? ¿Veintiséis, veintisiete? ¿Treinta, estirando mucho?» Tiene la mirada limpia y el potencial de reproducción en alza.

—¿Cuántos años tienes?

—¿Perdona? —pregunta entre ofendida y estupefacta. Hace rodar una pequeña bola dorada que cuelga de una cadenita de oro muy fina que lleva al cuello.

—¿Qué edad tienes? Es evidente que eres mucho más joven que yo —le estampo.

—Veintinueve. —Y me mira fijamente, con aire desafiante.

«Lo has clavado, Paula.» Necesitaba a alguien con una reserva ovárica en plena forma.

—Hablaba de ti a menudo. Me explicaba muchas cosas de tu trabajo.

«No hablaba de mí —pienso—. Hablaba de mi trabajo.»

—Ah, ¿sí?

Intento ser amable, pero me cuesta conectar. Aún sigo en la boda.

—Te he traído algunas cosas que he encontrado por casa. Creo que las tienes que tener tú, y además para mí… para mí son un estorbo, me duele verlas. Te lo doy al salir.

—¿Qué cosas? —pregunto, y pienso en el dolor y en el estorbo, en las dimensiones de su estorbo, que ella es para mí un estorbo nuevo pero que yo lo he sido para ella durante más tiempo.

—La bolsa que llevaba para quedarse a pasar la noche. —Tira el vaso de papel del café haciendo puntería en una papelera y comienza a hablar más animadamente—. Pues… no lo sé, un poco de ropa, el cepillo de dientes, un manuscrito, ah, sí, y una bolsita con hojas secas —dice quitando importancia a todo aquel imperio.

—¿Una qué? —pregunto.

—Para infusiones. Ya lo conoces.

Y el presente hace que me estalle el corazón.

Sonreímos las dos. Por un instante, la botánica teje una complicidad pasajera. Mauro cultivaba plantas aromáticas y hacía con ellas infusiones. Metía las hojas deshidratadas en unas bolsas transparentes con etiqueta: «Melisa», «Menta», «Tomillo», «Manzanilla». Casi lo puedo oír. «Ayúdame a cambiar este tiesto de sitio, Paula. El tomillo tolera muy bien la media sombra y aquí le da demasiado el sol. Pongámoslo en aquella esquina.» Y yo lo detenía, riendo. «Mauro, los vecinos nos van a denunciar. Pronto te van a nacer aquí animales endémicos de la selva del Amazonas, ¿es que no lo ves?» Y se rascaba la nariz con el reverso de la mano llena de tierra y decía, divertido: «Venga, cállate y tira para allá».

Me sobrepasa la emoción, pero me controlo.

Pienso en el porcentaje de la vida conjunta de ellos dos, la que ha quedado contenida en el móvil, y le sumo toda la que el teléfono no guardó. La cifra resultante es proporcional a todo el dolor que me cae encima como un bofetón inesperado. No comprendo el estorbo que le pueden causar unas hojas secas. Se tiene que ser estúpida para no querer conservarlas.

—Si lo piensas —añade abstraída, con un leve movimiento de hombros—, su familia a mí ni me conocía. Yo no quería correr tanto y él siempre decía que no hacía falta esperar a Santa Maria del Mar, que nos podíamos casar solos, sin decírselo a nadie.

Y me viene a la cabeza el dinero que pretendían que heredase, la colcha, las copas de cristal de Bohemia, y me doy cuenta de que Mauro no habría sabido cómo enfrentarse a su madre, a sus beneplácitos opresivos, que aquel punto cobarde que tenía y que disfrazaba de comodidad no le permitió reunir la astucia suficiente para integrar a Carla en el ámbito familiar y anunciarles que yo ya no estaría. Carla, al fin y al cabo, solo respondía al amor naif de todos los comienzos. Dulce y poderosa. Si hubiera muerto más tarde, con las campanas de Santa Maria del Mar aún retumbando dentro de su cabeza, ella llevaría ahora un anillo en el dedo y sería su viuda.

Mientras me dirijo a la salida, en el locutorio los tertulianos ríen y hablan animadamente. Mirándolos, parece que nosotras dos venimos de algún lugar remoto donde hemos pasado mucho tiempo, todo el tiempo que se necesita para recibir las risas y el ruido de la alegría de los demás casi como un insulto, todo el tiempo que se necesita para comprender que hay algo triste y vagamente menospreciable cuando el amor se apaga, pero no se parece en nada a la derrota aniquilante de la muerte. Creemos que la tenemos domesticada con rituales, duelos, símbolos y colores, pero ella es salvaje y libre. Es ella la que manda. La muerte manda siempre a la vida y nunca a la inversa.

Carla me entrega la bolsa de Mauro, que pesa muchísimo por culpa del manuscrito.

—¡Uf, pesa como un muerto!

Mi voz me choca. Me asusta reconocer que ha sonado limpia y honesta, sanada, como si de improviso cumpliera todos los requisitos para poder darme el alta.

Nos despedimos con dos besos secos como dos ñoras. Huele a grosella, a alguien perfeccionista dispuesto a desordenarlo todo por amor. Antes de darme la vuelta y marcharme le doy las gracias por el tiempo. Se mete las manos en los bolsillos de los tejanos y alarga el cuerpo, crece un poco más si cabe mientras me dedica una sonrisa amarga con la que imagino que pretende decirme «De nada». Mantenernos como rivales será nuestra manera de hacer existir a Mauro aunque ya no esté vivo y, como eternas rivales, este será sin duda nuestro gran éxito.

18

—Membrana hialina. Pili, le tendremos que administrar surfactante. Revisa la historia clínica de la madre, por favor. Necesito saber si le administraron glucocorticoides.

Fuera, la lluvia arrecia. Es noche cerrada. El agua es un murmullo interrumpido solo por el ritmo de las máquinas de la sala. Exploro a los niños nacidos durante los días que he estado fuera. Hay dos nuevos. Uno saldrá adelante sin secuelas si conseguimos la maduración pulmonar. Tengo la certeza de que lo haremos, hay un ápice de fuerza en cada espasmo de las pequeñas manos que delata su suerte. El otro es una niña de veintisiete semanas de edad gestacional que la madre ha dado en adopción. Ha presentado una enterocolitis necrotizante y ha requerido una intervención quirúrgica. No mejora, está en shock y sangra con frecuencia. A todo el equipo nos resbala de los labios la frase maldita que no querríamos tener que pronunciar: «No hay nada que hacer». La niña no responde a ningún tratamiento. Está en una situación irreversible. Es solo cuestión de tiempo. Evito mirarle el rostro diminuto cuando la exploro. No me atrevo a encontrarle los ojos ciegos y hacerle saber que no acudirá nadie más a su despedida. Pili ha suspirado y ha dado el disparo de salida a un sentimiento de impotencia que desde hace horas todos llevamos grabado en el tono de voz y en la suela de los zuecos, en el peso de nuestros pasos, más lentos alrededor de la incubadora donde la pequeña espera lo inevitable con una dignidad que espanta.

—¿A qué hora cenas? Yo salgo ya.

—No tengo hambre. Me quiero quedar con ella. Ve tranquila. Después tomaré un café.

—¿Quieres que me quede?

Imploro un sí con la mirada y enseguida lo capta. La intuición es una enfermera vestida de blanco que se arremanga y se lava las manos y los brazos hasta los codos mientras descifra la tensión en mi mandíbula.

No ha hecho falta decir nada. Abrimos la incubadora. Pili la contiene por la cabecita. Antes de tocarla, me froto las manos con fuerza para no tenerlas tan frías; si pudiese frotarme así el corazón, el estómago, si pudiese frotarme así el alma… Sujeto los pies de la criatura, le paso el dedo índice por las palmas, que son dos pequeñas estrellas recortadas contra el azul claro del nido, rastreo todos los rincones de la piel húmeda que quedan al descubierto, libres de tubos. Pienso en el osteópata, en el día que me hizo reír tanto cuando dijo que si alguna vez tenía hijos les pondría los nombres de todos los corpúsculos de la piel. Meissner, Pacini, Ruffini y Krause. Eric y el tacto; cómo aumentaba los niveles de oxitocina y revestía su estudio con terminología que hablaba de la inervación sensorial, del tacto como una submodalidad de un sistema somatosensorial, y mientras lo explicaba yo comprendía que era más sencillo que todo aquello, que compartir la intimidad de la piel, darse la mano, acariciarse, mostrar afecto bastaba para hacer sentirse menos vulnerable a una persona de ochocientos gramos o a una mujer que no llega a los cincuenta kilos.

No tardamos en retirarle el soporte vital y dejarle solo la analgesia, pero la acariciamos un rato más aquí dentro, con las manos y los brazos envueltos en el calor de la cuna térmica.

—La voy a coger —dice Pili.

La miro y asiento. Soy yo quien debería tomar esa decisión, pero estamos solas, el diagnóstico está hecho y aprobado, y es Pili quien tiene acceso a un sexto sentido sin la intervención consciente de la razón. Nos asalta una ola de satisfacción por la decisión muda que acabamos de tomar: acompañaremos a este ser solitario que se apaga con cada latido y seremos parte del mundo reducido que habrá conocido durante tres días. Estaremos aquí, formaremos parte del ápice de vida que habrá sido ella. No la dejaremos sola. Haremos turnos Pili, yo y otro médico adjunto. La sostendremos en brazos y nos la iremos pasando cada media hora. De madrugada me doy cuenta de que caen lágrimas sobre la niña. Son mías. El llanto me sorprende. Nos movemos en silencio. El médico adjunto me acerca unas gasas para que las utilice como pañuelo y me pregunta si quiero agua o cualquier otra cosa. He decidido que quiero lo imposible, salvarla a ella y resucitar a Mauro para poder explicarle cómo son de injustas las cosas a veces, y que todo vuelva a empezar. Me limito a susurrar un «Gracias» y a negar con la cabeza.

Se respira un ambiente extraño en toda la unidad. Las luces del techo llenan las salas de una calidez forzada, de una paz postiza. Parece que la inocencia y la dulzura de los recién nacidos se pone en alerta. Hay un presagio inminente y lo esperamos cabizbajos.

Todo y todos cumplen su función en el engranaje del hospital: las agujas del reloj de la pared avanzan con indiferencia; las enfermeras son flechas que salen disparadas hacia donde sea que se las requiera; los médicos tomamos decisiones, algunas más definitivas que otras; las mujeres que limpian lanzan sonrisas cansadas, con bolsas bajo los ojos; los padres miran esperanzados el futuro a través de las incubadoras; el chico que lleva una hora y media tumbado en el sofá con una criatura en el pecho, piel con piel; la lluvia que no cesa; Mahavir, que duerme bien tranquilo por fin en cuidados especiales; la vida que avanza a cada segundo, y la muerte que la alcanza por los pasillos y los ascensores sin hacer trampa.

Hay un cúmulo de tensión cuando le quitamos la vía intravenosa y un silencio trágico y respetuoso cuando Pili me entrega a la pequeña al cabo de un rato. Los míos serán los últimos brazos que la acogerán. Y entonces la muerte me la arrebata sin miramientos, se la lleva, pero esta vez he llegado a tiempo y siento que he sido capaz de ganarle la partida. «Estoy aquí. Estoy a tu lado.»

Los que estamos en la sala nos abrazamos. Suspiros, algún reniego. Los monitores y las alarmas respectivas marcan un compás que se limita a recordarnos que todo continúa. Bip-bip, el sonido constante de la calma en la UCIN. Las salas de parto llenas; el tráfico y el invierno; las malas noticias, las buenas, las que no significan nada; el metro bajo tierra y un avión arriba, en el cielo; las teclas del piano que, ligeras bajo los dedos de mi padre, se convierten en palabras; el señor que reza en la capilla con toda la esperanza puesta en un cristo tallado por un carpintero; el zumbido de las máquinas de café; la foto de mamá y su sonrisa en blanco y negro. Las persianas que se levantan, los fogones en la cocina, el chorro de agua fría bajo la ducha y alguien que canta ajeno, el mar, el bosque. Los cajeros automáticos expeliendo billetes, los ratones nerviosos dentro de las jaulas, las nubes empujadas por el viento y las formas que queremos darles, la vieja hilandera, el señor que pasea el bulldog francés, la masa madre que activa el metabolismo microbiano de otra masa madre, y los barcos de carga que llegan a puerto y vuelven a zarpar. Y las plantas. Las plantas creciendo y extendiendo sus raíces bajo tierra en un mundo paralelo.

Deshacemos el punto de fuerza que éramos hasta hace un momento, y cuando nos dispersamos, cada uno por un lado, atareados de nuevo como insectos afanados, revisamos, monitorizamos, gestionamos, pensamos, olvidamos. Yo salgo corriendo hacia la habitación de las guardias. Huyo, diría. No sé cuánto tiempo llevo aquí, pero nadie ha venido a buscarme hasta hace unos minutos, cuando Pili ha entrado a oscuras.

—¿Paula?

No enciende la luz pero descorre la cortina opaca, y el día entra avergonzado. Sé que me ha visto la cara pero no comenta nada. Se sienta a mi lado, en el suelo, y mientras se agacha poco a poco un sonido aspirado delata su poca flexibilidad.

—¿Por qué no te vienes hoy a mi casa? Mis hijas vendrán a comer y Sandra se trae al pequeño. Estamos con los vestidos de la boda que me tienen harta las dos. Así las conoces.

Sentadas con la espalda contra la pared, yo me abrazo las rodillas y Pili tiene las rollizas piernas estiradas sobre el suelo frío. El ribete de los calcetines blancos de hilo sobresale por encima de los zuecos y le recorta las piernas bajo el pantalón del uniforme. Me recuerdan a los calcetines de hilo que mamá me compraba en Pascua y que estrenaba con los zapatos que llevaría cada temporada de primavera-verano. Después era yo quien tenía que ir recordándole a papá que llegaba el calor y que necesitaba zapatos nuevos y calcetines de hilo. Es posible que en su mundo de melodías y pájaros las niñas anduviesen descalzas. La memoria selecciona hechos que en su momento eran neutros, y mientras pasan, mientras estrenamos unos calcetines de hilo, no podemos ser conscientes de estar creando un recuerdo único de la madre que pronto perderemos. Unos calcetines pueden ser extraordinarios. Unos calcetines, el día que todo cae, pueden ser una madre.

Es la primera vez que veo a Pili sentada en el suelo en todos estos años. Es como si desde esta postura, que no le corresponde, se le hubiese caído la máscara de lo que es en el hospital y quedase solo la mujer que, a pesar de haber estado de guardia toda la noche, ya tiene la comida preparada para las hijas y el nieto, la mujer que siempre huele a champú de frutas caribeñas y a suavizante para la ropa. Cuando está cerca, es lo más parecido al olor de una madre. La oigo respirar a mi lado. Estamos exhaustas. La primera vez que lloré la muerte de un paciente fue durante mi primer año como residente. Santi me advirtió que me serenase y que no me lo tomase como algo personal; si no, nunca sería una buena neonatóloga.

—Cuando un niño nace en un estado tan grave, es tan importante luchar por su vida como no hacerlo. Es tan importante saber salvarlos como dejarlos morir. —Y me serené.

Sé que en el llanto de hoy se esconde una niña sentada en clase con el reino animal explicado en la pizarra, una niña a quien le ha vuelto a caer encima la carga de acero de peso incalculable para los que no han perdido a nadie y quedan a salvo al otro lado. Una carga titánica de resentimiento y rabia y todo el dolor, una carga que por fin taladra la tierra, la hunde hasta las profundidades y hace crecer de ella paredes verticales de extremo afilado, y de su oscuridad salen cuervos que sobrevuelan la entrada y se encargan de que nadie acceda a su interior. «Esto es tuyo y solo tuyo. Toma. Lloralo de una vez. Aráñate el corazón, si lo deseas, nadie te entenderá porque aquí dentro no hay nada que entender. Cógelo. Es tuyo y solo tuyo, y no sentirás nunca tan pesado el peso de la propiedad. Es intransferible. No intentes compartirlo: lo convertirías en una broma. Es el vacío, la ausencia, toda la añoranza transformada en un agujero sin fin. Aunque todos los de este lado tenemos uno, no encontrarás ninguno que se parezca a otro, cada testigo sufre el suyo y sobrevive a una única versión. Un nuevo lugar. Bienvenida. Al otro lado no lo llaman vacío ni pueden ver los cuervos. Al otro lado se buscan frases hechas, como las buscaba yo antes para iluminar los rostros de los padres desesperados. Les decía que con el tiempo saldrían de esta, que tenían que ser fuertes y mirar hacia delante. ¿Qué sabía yo del vacío? Nada. No podía prever que los cuervos flanquearían la entrada exclusiva de cada padre, de cada madre, de cada corazón hecho trizas. Llora, Paula. No lo pudiste salvar. Entiende ahora la importancia de dejarlo morir.»

Pili no me toca, no me abraza, tiene las manos metidas en los bolsillos de la bata. Tampoco me mira, va hablando mientras posa la mirada en una pared, ahora en la otra, como si estuviese distraída y no quisiese poner toda la intención en la voz. Me conoce bien, sabe cuál es la distancia física que puedo soportar.

—Tengo un sofrito que hice el otro día y si quieres compramos algo de pescado ahora, al salir. Paras con el coche frente al mercado, me esperas fuera y yo compro en un momento. Ahora no habrá nadie.

No contesto. Me seco el agua y los mocos que me manan de la nariz con el puño del jersey. Intento imaginarme la escena con toda su cotidianidad. El coche, la calma. Un mercado. Me gusta este momento cotidiano, esta pausa en medio de la batalla que acabamos de librar. La miro. Querría explicarle que la última vez que fui al mercado, cuando hacía diez minutos que estaba en la cola de la pescadería, di media vuelta y me largué, incapaz de soportar más charlas sobre comidas familiares. Yo quería comprar un filete de merluza. Una pequeña porción individual y ridícula de merluza, y tuve que tragarme a familias enteras, espinas que se tenían que quitar para niños angelicales, parejas acarameladas y aparentemente sin grietas, y fines de semana de sol protagonizados por la primera persona del plural. El «nosotros» consume pescado, el «nosotros» reúne a gente alrededor de una mesa, el «nosotros» fortalece y hace equipo. Pero no se lo cuento porque no tengo fuerzas para hacerle entender el matiz.

—Mira, como tú no vas a decir nada, ya te lo digo yo: te vienes a comer a casa y punto, Paula. Y ahora te levantas, te lavas la cara y te suenas la nariz, que estás hecha un asco, hija mía. Venga, me cambio en diez minutos. Vamos en tu coche. Nos vemos en el aparcamiento.

Se levanta con el mismo ritmo oxidado con el que ha bajado a mi pozo hace unos minutos, y le cojo la mano gruesa y caliente como si no quisiese dejarla marchar. Sabía que sería así si alguna vez la tocaba, el tacto idéntico que recuerdo de mamá, femenino, protector. El tacto durante el período neonatal impacta en la expresión del comportamiento adulto. Sin el confort del tacto, no es posible un desarrollo físico y emocional completo. Es necesario que nos acaricien cuando aún no somos nadie para que podamos relacionarnos cuando ya seamos personas de quienes se espera tanto. Toco la mano de Pili como si fuera el último pilar donde me puedo abrazar.

—Compraré algo de postre. Nos lo merecemos.

—Esa es mi Paula.

Un posesivo, y ya eres de alguien.

En la mesa me siento renovada, tengo tantas distracciones que me he olvidado de mí misma. Sandra y Lara, las hijas de Pili, me han recibido con abrazos y muestras de alegría. «Es como si te conociéramos de toda la vida, ¡mamá nos habla tanto de ti!» La sombra se apresura a susurrar que debe de haberles contado mi catástrofe, pero pronto aparece un niño gateando con cara de sueño que atrae toda la atención. Es el hijo de Sandra, la hija pequeña de Pili, que se casa dentro de dos semanas con el padre de la criatura, de quien se había separado antes de nacer el niño. Mientras Pili sirve los platos se inicia una lección de vida. Aprendo qué es el Amor en mayúscula. Tiene que ver con el ruido confuso de voces, con la cantidad de comida exacta que Pili sabe que quiere cada uno en el plato, con la forma en que se pasan la panera, con la misma panera forrada de tela blanca con las puntas bordadas, con el nervio hecho de ilusión y cansancio de una boda que está al caer, listas, invitados que han llamado, tías que han insistido en que Pili ya puede pasar a recoger los ornamentos que han hecho a mano para las americanas de los hombres. Tiene que ver con la esperanza de una madre depositada en sus hijas, con la complicidad de una pelea inocente entre hermanas que discuten sobre qué le costaba dejar las llaves en la peluquería y así ella después ya no tenía que pasar a recogerlas expresamente, con la manera en que la madre deshace la regañina con un «Ya basta, ¿no?, que sois mayorcitas. Me las dejas a mí y que tu padre se las lleve, mira tú qué fácil»; y las palabras reveladoras retumban dentro de mí. «Mira tú qué fácil, Paula; mira qué fácil es el amor de verdad.»

Nos despedimos entre deseos de suerte, halagos y bullicio y salgo a la calle dejando atrás unas vidas intrascendentes, sin cantidades significativas de miserias. No sé dónde estoy, no me conozco el barrio y me es difícil encontrar el aparcamiento donde hemos dejado el coche al venir. El ruido de un autobús, los escaparates anunciando rebajas, los charcos de lluvia que reflejan el cielo que se abre, un perro canijo y de ojos saltones que ladra a mi prisa, las banderolas que anuncian un festival de música, y, finalmente, la p de «Parking». Me detengo en seco para retener la familiaridad del hogar de Pili a flor de piel y me asalta la necesidad imperiosa de hacer una llamada.

—Papá, hola. Soy yo. [...] No, nada, todo bien, no te preocupes. Qué te iba a decir, ¿tienes algo que hacer esta tarde?

Hoy es mi cumpleaños.

Cumplo cuarenta y tres.

La edad que tenías tú.

Pensarlo es la cosa más extraña que me ha ocurrido jamás.

Cuando me han hecho soplar las velas del pastel ha sido como si me hubiese quedado sorda, con los oídos tapados. Si hubiesen puesto cuarenta y tres velas individuales tal vez la impresión habría sido otra, pero, Mauro, es que Lídia ha comprado un cuatro y un tres de color rojo, grandes, evidentes, imposibles de disimular, y las piernas me han fallado. Tú siempre vas a tener cuarenta y tres, y cuando lo pienso me estremezco.

Había mucho ruido de fondo, ya los conoces. Imagínatelos en una fiesta sorpresa dirigida por Lídia. Han venido también Vanesa y Marta. Dentro de dos semanas acaban la residencia y ya las echo de menos. Se han convertido en la alegría del departamento, y a mí me han salpicado con su irracionalidad y la risa contagiosa que me ha avivado todo este año tan funesto. Les estaré agradecida toda la vida.

Aún me dura el dolor de cabeza. Tengo el piso hecho un desastre. El suelo está lleno de confeti y de rastros pegajosos. Siento comunicarte que te hubieses puesto muy nervioso viendo cómo corrían las copas de vino y de cava por encima del sofá. Por suerte ya no es tuyo. Además, tú no lo sabes, pero desde que no estás, estos no han dejado de parir hijos como conejos y se los llevan a todas partes, cosa que no puedo entender. Solo te diré que a los niños les gusta el chocolate. Pero está bien así, Mauro. Es hora de ensuciar esta casa, llenarla de ruido, de encontrar el baño ocupado y más tarde el váter atascado con un rollo de papel higiénico. De rapiñar afecto de donde sea. De los amigos, de los vecinos, de la sonrisa del portero del aparcamiento. De soplar velas y ser capaz de pedir un deseo que no parta de la base imposible de hacerte regresar.

Esta vez nadie me ha regalado libros ni plantas, pero sí un montón de ropa que sabe a primavera y también un sombrero de paja. Me lo he puesto muerta de vergüenza y Nacho me ha dicho que estoy radiante, que últimamente estoy radiante. Sé que exagera, pero lo dejo hacer y le doy un beso en la mejilla. Que un poco es como besarte a ti. Guardo en él gran parte de ti y guardo en ti gran parte de mí.

He estado esperando a que sonase el timbre y aparecieses detrás de las hojas verdes de algo vegetal. Hacerte pasar y decirles a todos: «¡Mirad quién ha venido!». Después ya no he esperado más y me he entregado al esfuerzo que hacen todos por celebrar mi cumpleaños. Me he encontrado a Martina, la hija pequeña de Lídia, plantada en nuestra habitación. Me ha mirado con esa cara de sabia desconfiada, con las dos coletas y la raya en medio.

—¿Dónde está Mauro?

Nos hemos observado con detenimiento, como lo hacen las personas que conocen la gravedad de una misma cosa. De fondo, carcajadas y rumor de vida. Con una inclinación de la cabeza he señalado la foto de la verbena de San Juan que hay en el mueble al lado de la que ahora es mi cama. Me ha vuelto a mirar con expresión divertida y se ha ido dando pequeños saltos por el pasillo. Le hemos explicado unas cuantas veces que te has muerto, pero de vez en cuando vuelve a preguntar por ti. Pasarán los años y yo envejeceré, encogeré uno o dos centímetros, el pelo canoso, arrugas por doquier, y en la foto de la verbena seguiremos estando los dos para siempre, yo en pasado y tú en presente. Me pasa como a Martina: hay algo incierto que deja espacio para la duda, que otorga el derecho a creerse la verdad a medias, que prefiere seguir preguntando todos los días dónde estás, como una confidencia que solo algunos podremos comprender.

Hoy he cumplido cuarenta y tres. Te he pillado y todavía no entiendo cómo ha podido pasar.

Después

Thomas se ha descalzado en la terraza. No entiendo por qué lo hace. Va descalzo todo el día y tiene las suelas de los pies bien sucias y los talones agrietados. No le he dicho nada. Ahora esta será su casa, puede pasearse por ella como quiera. Estamos en abril y ya viste bermudas como una reminiscencia del turista que un día fue. Hace horas que trabajamos. Hemos llegado tan cargados del *garden* que han hecho falta tres viajes en coche a casa para meter todas las plantas, las flores, los tiestos, el sustrato universal, la tierra para los rosales y la tierra de castaño para las camelias y las azaleas. Lo hemos pedido todo con los nervios de quien emprende un viaje definitivo. Nos superaba la ilusión de lo que estábamos a punto de hacer. Lo íbamos leyendo en un bloc de notas de Mauro donde descubrí el esbozo del primer diseño de la terraza. Hemos ido siguiendo las explicaciones del dependiente, que nos ha ayudado en nuestra particular gesta. Al lado del dibujo, un listado básico con todo lo que debió de plantar en un comienzo. Un listado que Mauro hizo crecer hasta convertirlo en su biografía.

Le he dejado el coche a Thomas y ha venido a recogerme al hospital a mediodía, porque el *garden* que me había prometido que tenía totalmente localizado quedaba de camino. Naturalmente, ha llegado tarde y, como no podía ser de otra forma, nos hemos perdido en algún punto entre Barcelona y Castelldefels. No me he enfadado con él, al contrario: no he podido reprimir una carcajada cuando hemos pasado por tercera vez por delante del Riviera. Es fácil reír en una autovía, con un buen amigo y sobre todo con el recuerdo de esta mañana. Cuando faltaba un minuto para las once y cuarto, he firmado el alta hospitalaria de Mahavir.

He levantado la cabeza y he visto un estallido de colores en cuanto han entrado los padres con el niño en brazos de ella. Colores sobre el sari bordado que no se había puesto hasta que ha podido llevarse a su hijo a casa, colores sobre la ropa de hilo con la que ha envuelto a Mahavir, y los ojos negros sonrientes que he rastreado durante meses hasta dar con el quid de la cuestión. El agradecimiento y la emoción que la familia mostraba han invadido a todo el equipo. La madre nos ha regalado flores de jazmín, y las mujeres nos hemos decorado el pelo con ellas. También nos ha traído *vada* que había cocinado durante la noche, un snack salado que he devorado dejándome llevar por la satisfacción de celebrar la vida. Mahavir significa «héroe», me lo dijo su padre hace una eternidad, cuando aquella criatura que cabía en una mano luchaba por marcharse hoy de aquí. A partir de ahora, mi consejo para todos aquellos que esperan un hijo será que le busquen un nombre apropiado, que lo piensen bien, que lo deseen hasta encontrar uno que dé sentido a la persona que llevan dentro. Después de celebrarlo un buen rato, he visto a mi héroe alejarse dormido en el cochecito que el padre empujaba hacia el mundo, mientras la madre, menuda y llena de luz, se ha dado la vuelta, y con las manos muy juntas ha susurrado por última vez:

—*Namasté*, doctora Cid.

—*Namasté* —he respondido. Me ha invadido el pasado.
He tragado saliva.

Fue aquel miércoles de febrero el día que tuve noticia de Mahavir
por primera vez. Era un feto dentro de su madre y ya lo estudiá-
bamos con detalle todo el equipo de obstetricia y neonatología
para determinar el ingreso con antelación a causa del embarazo de
alto riesgo. Yo miraba el reloj a menudo sin desatender la sesión,
pero había quedado para comer con Mauro y tenía los nervios a
flor de piel. Me había puesto los pendientes que tanto le gustaban. Lo había decidido la noche previa y se lo quería anunciar
durante la comida, no estaba segura ni de poder esperar a los postres. Un deseo genésico, el primero y único, había aflorado como
una sacudida en el pasillo de las galletas del supermercado el sába-
do anterior. Mauro buscaba algo con semillas biológicas y tenía a
un niño de tres o cuatro años justo al lado, que señalaba un paquete del anaquel de arriba del todo. Mauro le acarició el pelo y lo
cogió en brazos para que el niño llegara al paquete. Y fue suficiente con aquello. Fue solo un gesto. No dije nada. Si intentaba reflexionar sobre ello, se iba todo al garete; si intentaba escribirlo
era aún peor, así que fui pasando de puntillas por el pensamiento
que no me abandonaba y esa noche que Mauro estaba fuera deci-
dí que al día siguiente le haría saber que quizá era tarde, que era
arriesgado y que no acababa de estar convencida, pero que de acuerdo, que si él lo había tenido tan claro todos estos años y siempre y
cuando compartiésemos idénticas condiciones, que entonces sí,
que podíamos intentar buscar una criatura. Le quería decir que
había enloquecido, que era como tener fiebre y delirar un poco,

pero que no hiciera que me arrepintiese de aquel arrebato, que no se me ocurría ninguna otra manera de solucionar lo que nos pasaba y que no sabíamos qué era. Le quería decir que me veía capaz de solucionarlo, de estar bien. Me había aprendido un pequeño discurso de memoria. Un hijo tiene que ser un capricho, Mauro, un deseo y poco más. Había llegado la hora. Salí del aparcamiento de la calle Marina junto a la playa. Caminaba con la espalda muy recta y la cabeza alta, y repetía a cada paso: «Deseo, capricho, deseo, capricho, deseo, capricho». Me detuve en el semáforo en rojo y reemprendí la marcha. «Deseo, capricho, deseo, capricho.» Mauro ya me esperaba en el restaurante. Había ido en bicicleta. Parecía estar al acecho de algo. Con la primera sonrisa enrarecida las palabras se me fueron de la cabeza. Me puse de mal humor y me desilusioné. No le podía decir todo aquello con esa cara de aguafiestas con la que me recibía. Pensé que quizá por la noche, y después me acordé de la ecografía de Mahavir que habíamos estudiado con detalle hacía unas horas en el hospital. ¿Era ético hacer nacer a aquella criatura? ¿Era ético hacer nacer a otras si el deseo y el capricho se podían avinagrar de repente? El mar acabó por barrer mi pensamiento titánico con el vaivén de las olas tras los ventanales y yo oía a Mauro lejos, que relataba cosas sin importancia, un libro que había leído, un distribuidor al que había ido a ver, que la Renfe era un desastre y había llegado media hora tarde. Hablaba con un peso concreto en la voz, con frases cortas, como si lanzase migas de pan para encontrar el camino de vuelta por si se perdía después de dejar caer aquella bomba de barril que tenía preparada. Y sin esperar la dulzura de los postres, la soltó. Las bombas son bombas, un proyectil indiscriminado incapaz de golpear con precisión. El impacto lo arrasó todo. Incluso su propia vida.

A los pocos meses, todavía con la herida abierta y el corazón destrozado, me pusieron a Mahavir en las manos en la sala de partos, me entregaban el lado humano de la guerra. Calculé el peso de un héroe, lo intubé y manipulé con la urgencia de hacerlo vivir y la clarividencia de comprender que mi capricho y mi deseo se centrarían para siempre en tener el control sobre el destino de estas criaturas que no serían mías.

Irse requiere una liturgia que ayuda a transformar los finales en nuevos comienzos. Mahavir lo ha hecho esta mañana, y es hora de que lo haga yo también.

Cuando lo hemos tenido todo preparado para empezar a trabajar en la terraza, me ha sobrecogido topar con la figura de Thomas de espaldas, con las manos en la cintura, sin saber siquiera por dónde comenzar. Apuraba un cigarrillo frente al caos de tierra removida de un marrón oscuro y húmedo, y viéndolo me he sentido perdida. Tenía la sensación de que estábamos a punto de profanar una tumba. Pero luego él ha hablado y yo me he aferrado a su calma.

—El bambú lo arrancamos. Es una especie invasora.

Le he dado en el muslo con el guante.

—Mira, guapo, tú sí que eres una especie invasora. El bambú se queda aquí.

Ha reído y ha dado un sorbo de cerveza mientras yo me refugiaba en la broma. No sé qué ha sido, pero lo he notado entonces. He sucumbido a una sensación que se parece al final de las vacaciones, cuando los pueblos se van vaciando de la cotidianidad que los ha llenado durante las semanas de veraneo. Los grandes cambios contienen siempre algo enigmático que se percibe en pequeñas señales. Después la sensación se ha esparcido como el polen.

Hemos seguido en la terraza bastante rato, abonando la tierra, colocando las plantas delante del sitio que les ha sido asignado y, como quien no quiere la cosa, de repente he empezado a arrancar todas las plantas muertas de Mauro con determinación, y luego, exhausta, ha salido de mí un grito extraño, lleno de triunfo y agonía. Me he sacudido la tierra de los brazos y me he pasado la mano por la frente. Me siento muy fuerte, podría luchar contra gigantes.

Hacemos una pausa. Si no lo acabamos hoy lo acabaremos durante el fin de semana. Me noto las cervicales agarrotadas y me duelen los brazos. En el piso aún hay cosas por hacer, como limpiar, ponerlo todo en cajas, cambiar de titular la luz, el gas, el agua, que están a mi nombre y tienen que ir a nombre de Thomas. Negociar con la empresa de mudanzas, domiciliarlo todo de nuevo, hablar con el propietario, llevarme el contestador automático jurásico con la voz de papá dentro. Hay cosas que hacer como vestirse, comer o mirar la habitación por última vez, ahora ya vacía del todo y de nosotros. Solo queda este parquet envejecido que pisamos tan bien como supimos. El parquet y también el radiador de hierro antiguo y pintado de blanco, donde incrustábamos el culo las noches de invierno mientras nos contábamos qué habíamos hecho durante el día, Mauro se cortaba las uñas meticuloso y yo me limpiaba el rímel de los ojos con un algodón. Fuimos todos esos momentos. Llenamos esta casa de sonidos pequeños que ahora resuenan en el vacío y que acabaron delimitando nuestro diálogo. Los recuerdos son maleables y es fácil corregirlos, uno puede recortar las sobras y poner otro fondo, sucumbir a los vicios de nuestro tiempo y retocarlos, jugar con filtros que los embellezcan y hacerse un pasado a medida para encarar un presente de carne y hueso en el que no hace falta ser tan intransigente porque nadie se colará en nuestra soledad para recordarnos que aquella sombra no estaba y que había más luz en aquel rincón.

Thomas se ha ido introduciendo poco a poco en el ritmo de la casa; su talante tranquilo parece que no se inmuta frente a mis ataques de nervios con las llamadas telefónicas al transportista que no llega o con las de papá, que insiste en que duerma en su casa hasta que esté bien instalada en el piso nuevo. Ha bajado el toca-discos de aguja, que ya ocupa un lugar principal en el comedor. Cada dos por tres aparece por la puerta con un puñado de discos de vinilo y los va colocando lentamente en la misma estantería pero situada un piso por debajo; su máxima prioridad es el orden alfabético, no le importa que le recuerde que el extractor está estropeado y que para encenderlo tiene que apretar primero el segundo botón empezando por la izquierda.

—Counting Crows, Bob Dylan, Ben Harper, Fleetwood Mac.

Enuncia la lista con un acento de Nueva York fuerte y áspero que lo enmarca en un constante exotismo urbano.

—¡Y sobre todo recuerda que el miércoles vienen los de la caldera! —grito desde la terraza.

—Lou Reed, Oscar Peterson, Tom Petty, Stevie Wonder. ¡Tienes que escuchar esta canción, Paula!

No sé qué es lo que suena, una voz femenina grave y ronca, en directo. El volumen está muy alto y los gritos del público que la corean llenan todas las habitaciones. Me he agachado para tocar las hojas tiernas de una planta nueva.

—Te vas a reír con este, estoy segura —le digo susurrando. A continuación, me pongo en pie y se me hace un nudo en la garganta. Echo un vistazo a mi alrededor para dirigirme a todas las plantas acabadas de comprar—. Vais a estar bien aquí. Merece la pena vivir. A veces cuesta, no os engañaré, pero os prometo que merece la pena.

—¡Lo grabaron en el 66! *Don't you think it's amazing?*

Me llega su voz enlatada que reverbera a través de rincones vacíos, y envidio su felicidad simple y su idilio con la música. Sonrío a la sencillez.

Nuestra casa se había quedado esperándote, Mauro. Las puertas y las ventanas me observaban atentas, estudiaban sigilosamente mis movimientos, quizá convencidas de que de mí dependía que volvieras. Si abría los armarios de la cocina, los vasos, cubiertos y copas de vino me interpelaban, preguntaban por ti con un descaro difícil de encajar, como el descenso al infierno que hizo tu terraza, que te lloraba y te añoraba porque no hay atajos para evitar el dolor por la muerte de aquel a quien amaste. No los hay, y a pesar de todo se pueden aceptar pequeñas victorias, podemos perdonarnos en una sola dirección, tomar conciencia de nuestra fragilidad, aceptar que el recuerdo se parezca a sentirte cerca, aprender a tocar el piano bajo las órdenes minuciosas de un padre recuperado, comprarse una moto destartalada, aparcarla en una nueva esquina en un barrio más a medida, vivir en un piso con balcón, tirar tu móvil y con él todo lo que no me pertenecía, seguir al pie del cañón para dirigir hacia la vida a personas cuando solo pesan gramos, quién sabe si volver a amar algún día, pero sí volver a empezar y a admitir que la muerte, solo a veces, adquiere la forma de oportunidad. No huyo, Mauro. Solo me voy. Volveré de vez en cuando para saludar a las plantas y no me olvidaré tampoco de tu muerte. Olvidarla sería dejarte morir una segunda vez, y eso, puedes estar seguro, no ocurrirá.

Thomas sale a la terraza con un puñado de fresas. Se me acerca y me ofrece una. La rechazo con la mano. Él mastica lentamente y mira a su alrededor con aire abstraído. La primavera lo abraza todo. Un mirlo silba desde algún tejado cercano. El sol está a punto de ponerse y es ahora cuando el canto resuena más intenso.

—*Turdus merula* —digo en un susurro.

—¿Qué?

—Un mirlo. ¿Lo oyes?

—No sé qué es un mirlo. —Encoje los hombros, indiferente—. Tienes una pestaña, espera.

Me la recoge con delicadeza del pómulo y noto una vergüenza rosada cuando tengo su cara tan cerca que mi pelo la toca. Los últimos rayos de sol le tornasolan las facciones. Me toma de la muñeca y me abre la mano. Coloca la pestaña en medio como un relojero que trajina las diminutas piezas de un reloj abierto de par en par.

—*Throw it over your shoulder.*

—No, aquí las soplamos hacia arriba, Thomas.

Risueños como dos criaturas, discutimos un momento sobre la trayectoria que debe seguir la pestaña. Las plantas nuevas que no nos conocen nos observan desde el suelo y se adaptan a la alegría que flota en el ambiente. Piensan que esta es la pauta y está bien que lo hagan.

—*C'mon!* ¡Pide un deseo!

El corazón me da un vuelco y la tradición popular de soplar una pestaña se profesa como el oráculo que decidirá mi destino. Cierro los ojos y los aprieto tanto como puedo; me escuecen por dentro y se me arrugan los párpados como un pergamino. A oscuras, se inicia una danza de fosfenos estimulados por la retina que

generan la ilusión de luz y movimiento, y yo pienso en fantasmas pero me apresuro a recordar que esta terraza será un vestigio
de tu vida, Mauro, y de ningún modo un estatuario de tu muerte.
Y entonces lo hago: tomo aire como si me fuera la vida en ello y
deseo para mí, deseo bien fuerte.

Agradecimientos

Un agradecimiento muy especial a la doctora Marta Camprubí del Servicio de Neonatología del Hospital Sant Joan de Déu de Barcelona por vestirme con una bata blanca y dejarme pasear por la UCIN, compartir experiencias y anécdotas, y conocer de primera mano su trabajo tan necesario. Si la doctora Paula Cid es una neonatóloga impecable es gracias a ella.

A mis editores en catalán, Aniol Rafel y Marta Rubirola, de Periscopi, por seguir confiando en mí, por su lectura siempre rigurosa e imprescindible y su acompañamiento como editores pero sobre todo como personas en quien mirarme.

A mi editora en español, Silvia Querini, de Lumen, por pedirme que escribiese esta historia, cuidarla y quererla como siento que me cuida y me quiere también a mí.

A la editora Maria Fasce, de Lumen, por todo el trabajo y la continuidad.

A los correctores, diseñadores, becarios y al resto del personal imprescindible que han trabajado y mimado las dos ediciones de este libro. Muy especialmente a Tono Cristòfol y a Marta Bellvehí por vestir el libro con una cubierta espectacular.

A Patri, por la Amistad en mayúscula y la alegría contagiosa, por robarle el nombre de la protagonista a la que iba a ser su hija, que ha resultado ser un Aleix Cid. A veces pienso que el sexo de la criatura fue culpa mía por la usurpación del nombre. Espero que me sabrán perdonar.

A Fe, por la entereza y por creer en mis libros. Por la fuerza de la amistad cuando los caminos no están llenos de rosas. Volverán a crecer y serán preciosas.

A Gerard, por estar de guardia siempre aunque sea en la distancia y recordarme que sí, que debo escribir, y a su padre, por haber ordenado los pájaros que anidan aquí dentro.

A Jose, *eskerrik asko* por aparecer un día de la nada.

A mis padres, por la calma.

A Ignasi y a Oriol por hacer salir el sol todos los días. Os quiero hasta el infinito y más allá.

Y a la literatura, a la música y al cine, por todo lo demás.

Índice

Este libro acabó
de imprimirse
en septiembre de 2018